To all my Korean friends, with love and gratitude!

게
아
료

스파이

A ESPIÃ
by Paulo Coelho

http://paulocoelhoblog.com/

This Korean edition was published by arrangements with Sant Jordi Asociados Agencia Literaria S.L.U., Barcelona, Spain.

본문 사진
pp. 13, 23, 71, 169 © Collection Fries Museum, Leeuwarden
p. 219 © The National Archives of the UK, ref. KV 2/1

이 도서의 국립중앙도서관 출판예정도서목록(CIP)은
서지정보유통지원시스템 홈페이지(http://seoji.nl.go.kr)와
국가자료공동목록시스템(http://www.nl.go.kr/kolisnet)에서 이용하실 수 있습니다.
(CIP제어번호: CIP2016018903)

P A U L O   C O E L H O

스파이

A ESPIÃ

파울로 코엘료 장편소설

오진영 옮김

문학동네

오, 죄 없이 잉태하신 성모마리아여,
당신께 의지하는 우리를 위해 기도해주소서. 아멘.

네가 너를 고발하는 자와 함께 법관에게 갈 때에 길에서 화해하기를 힘쓰라. 그가 너를 재판장에게 끌어가고 재판장이 너를 관속官屬에게 넘겨주어 관속이 너를 옥에 가둘까 염려하라.
네게 이르노니 한푼이라도 남김없이 갚지 아니하고서는 거기서 나오지 못하리라.

누가복음 12장 58~59절

차례

사실에 근거함

A ESPIÃ

프롤로그

파리, 1917년 10월 15일—앤턴 피셔먼과 헨리 웨일스 작성, 〈인터내셔널 뉴스 서비스〉

새벽 다섯시가 안 된 시각, 대부분 프랑스 장교들인 열여덟 명의 사람들이 파리 생라자르 여성 교도소 3층에 도착했다. 복도 램프에 불을 켜 횃불을 든 교도관의 안내를 받아 그들은 12호실 앞에 멈춰 섰다.

수녀들이 현장 관리를 맡고 있었다. 레오니드 수녀가 감방의 문을 연 후 모두에게 밖에서 기다려달라고 이르고는 안으로 들어가 벽에 성냥을 그어 감방 안 램프에 불을 붙였다. 이어서 다른 수녀를 불러 도움을 청했다.

레오니드 수녀는 무척이나 부드럽고 조심스럽게, 세상일에 아무 관심 없다는 듯 깊이 잠든 죄수를 깨우기 위해 그녀의 몸을 팔로 감싸안았다. 수녀들의 증언에 따르면, 그녀는 편안한 잠에서 깨어난 듯했다고 한다. 며칠 전, 공화국 대통령에게 보낸 사면 청원이 기각되었다는 소식을 전했을 때도 그녀는 여전히 침착한 모습이었다. 모든 것이 끝났다는 사실에 슬퍼하는지 안도하는지 알 수 없었다.

레오니드 수녀가 문밖으로 신호를 보내자 아르보 신부가 부샤르동 대위와 클뤼네 변호사와 함께 감방 안으로 들어왔다. 죄수는 자신의 변호사에게 지난주 내내 쓴 긴 편지와, 신문 스크랩이 들어 있는 갈색 봉투 두 개를 건넸다.

여인은 이런 상황에는 괴이해 보일 수도 있는 검은 실크 스타킹과 실크 레이스로 장식된 굽 높은 구두를 신었다. 그녀는 침대에서 일어나 감방 한구석의 옷걸이에서, 아마도 여우인 듯한 짐승의 털을 둘러 소매와 옷깃을 장식한, 발까지 늘어지는 긴 모피 코트를 꺼내들었다. 그리고 그 코트를 잠잘 때 입었던 두툼한 실크 가운 위에 덧입었다.

여인의 검은 머리칼은 헝클어져 있었다. 그녀는 머리를 공들여 빗어 목덜미께 묶었다. 그 위에 펠트 모자를 쓰고 바람에 날리지 않도록 비단 끈을 턱밑에 묶었다.

그리고 천천히, 허리를 굽혀 검은색 가죽장갑을 집어들었다. 이윽고 담담한 태도로 문밖의 사람들을 향해 돌아서서 평온한 목소리로 말했다.

"준비됐습니다."

모두가 생라자르의 감방을 나와, 처형 부대가 대기하는 장소로 일행을 데려가기 위해 엔진을 켜놓고 기다리고 있는 차로 걸어갔다.

자동차는 아직 잠들어 있는 도시의 거리를 제한속도보다 빠르게 달려 1870년 독일군의 공격으로 파괴된 성이 있는 뱅센의 병영으로 향했다.

이십 분 후 차가 멈추고 일행이 내렸다. 마타 하리는 가장 마지막에 내렸다.

군인들은 사형 집행을 위해 이미 열 지어 서 있었다. 열두 명의 주아브 병사*들이 처형 부대를 이루었다. 부대의 맨 끝에는 긴 칼을 뽑아든 장교 한 명이 서 있었다.

---

* 프랑스의 알제리인 경보병.

두 명의 수녀 옆에서 아르보 신부가 사형선고를 받은 여인과 말하고 있을 때 한 프랑스 중위가 다가와 수녀 한 사람에게 흰 천을 내밀며 말했다.

"이걸로 눈을 가려주십시오."

"꼭 그래야 하나요?" 마타 하리가 흰 천을 쳐다보며 물었다.

클뤼네 변호사가 대답을 기다리는 눈빛으로 중위를 쳐다봤다.

"부인께서 원하실 경우에만요. 의무는 아닙니다." 중위가 대답했다.

마타 하리는 눈을 가리지 않았다. 묶이지도 않았다. 신부와 수녀들과 변호사가 그녀 곁에서 멀어지는 동안 마타 하리는 침착한 모습으로 자신을 처형할 군인들을 바라보고 있었다.

병사들이 자신의 총기를 확인하지 못하도록—다들 자신이 죽이지 않았다고 여길 수 있게끔 그들의 총 하나에는 공포탄을 넣는 게 관례였으므로—주의깊게 감시하고 있던 처형 부대의 대장은 긴장을 풀기 시작하는 것 같았다. 이제 곧 모두 끝날 터였다.

"사격 준비!"

열두 명의 병사들이 몸을 곧추세우고 총을 어깨에 바짝 붙였다.

여인은 미동도 하지 않았다.

칼을 든 장교가 모든 병사가 볼 수 있는 위치로 이동한 뒤 칼을 쳐들었다.

"조준!"

그들 앞에 선 여인은 여전히 태연했고 두려워하는 기색도 보이지 않았다.

장교의 칼이 쏜살같이 바람을 가르며 아래로 내려갔다.

"발사!"

요란한 굉음과 함께 총소리가 울려퍼지며 그 무렵 지평선에 막 떠오른 태양이 총구들에서 뿜어져나온 불꽃과 작은 연기를 비추었다. 병사들은 즉시 일사불란하게 소총을 땅으로 내렸다.

마타 하리는 잠시 그대로 멈춰 있었다. 그녀는 영화 속에 나오는 총 맞은 사람들 같지 않았다. 앞으로도 뒤로도 휘청이며 넘어지지 않았고 팔을 올리거나 벌리지도 않았다. 고개를 꼿꼿이 들고 눈을 똑바로 뜬 채 그 자리에 주저앉듯 가만히 쓰러졌다. 병사 하나가 기절했다.

그녀의 무릎이 꺾이고 몸이 오른쪽으로 고꾸라졌다. 접힌 다리는 털외투에 가려져 있었다. 그녀는 얼굴을 하늘로 향한 채 그대로 움직이지 않았다.

또다른 장교가 중위 한 명과 함께 가슴 한쪽에서 권총을 빼들고 움직이지 않는 육체를 향해 걸어갔다.

그는 몸을 굽혀 권총으로 스파이의 관자놀이를 겨냥한 채 총구가 그녀의 피부에 닿지 않도록 조심했다. 이윽고 방아쇠를 당겼고 총알이 머리를 관통했다. 장교는 그 자리에 있던 모두를 향해 돌아서서 엄숙한 목소리로 말했다.

"마타 하리, 사망입니다."

A ESPIÃ

1부

친애하는 클뤼네 변호사님께

이번 주말에 무슨 일이 일어날지 모르겠습니다. 난 항상 긍정적인 사람이었지만 시간이 날 고통스럽고 외롭고 슬프게 만들었어요.

모든 게 내가 바라는 대로 이루어진다면 당신은 이 편지를 받지 못하실 겁니다. 나는 사면받을 겁니다. 그동안 영향력 있는 친구들을 사귀어왔으니까요. 그렇다면 나는 하나뿐인 내 딸이 언젠가 이 글을 읽고 내가 어떤 사람이었는지 알 수 있도록 이 편지를 보관할 겁니다.

하지만 내 기대가 어긋난다면, 이 땅에서 보내는 마지막 한 주

동안 쓴 이 편지들이 보관되리라는 희망을 품을 수 없겠지요. 나는 언제나 현실적인 사람이고, 변호사는 한 사건이 종결되면 뒤돌아보지 않고 다음 건으로 옮겨간다는 걸 알고 있습니다.

이제 어떤 일이 벌어질지 예상해봅니다. 당신은 전쟁범죄자를 변호해 명성을 얻은 무척 바쁜 분입니다. 수많은 사람들이 당신에게 사건을 맡기려고 몰려들겠지요. 비록 재판에서는 졌지만 엄청난 이목을 끌었으니까요. 당신을 취재하고 싶어하는 기자들을 만나고 도시에서 가장 고급스러운 식당에 드나들며 동료들의 존경과 시기심 어린 시선을 받을 겁니다. 오직 조작된 서류뿐, 유죄를 입증할 아무런 구체적 증거가 없었다는 걸 알고 계시지만 결코 죄 없는 여인을 죽게 했다고 공공연히 인정할 수는 없겠지요.

죄가 없다? 어쩌면 이건 정확한 표현이 아닐 겁니다. 내가 너무도 사랑하는 이 도시에 첫발을 디딘 이후로 죄가 없던 때는 단 한 순간도 없었습니다. 정부 기밀을 원하는 자들을 조종할 수 있으리라고 생각했고, 독일, 프랑스, 영국, 스페인 사람들이 나라는 사람에게 저항할 수 없으리라 여겼지만 결국은 내가 조종당하고 말았습니다. 나는 내가 저지른 죄로부터 도망쳤고, 나의 가장 큰 죄는 남자들이 지배하는 이 세상에서 자유롭고 독립적인 여성이었다는 것이었습니다. 내가 실제로 이용한 것이라고는 상류사회 살롱에서 떠도는 풍문들뿐이었지만 나는 스파이라는 죄명을 선고받았습니다.

그래요. 나는 돈과 권력을 원했기에 그 풍문들을 '기밀'로 둔갑시켰습니다. 하지만 지금 나에게 죄를 돌리는 이들은 내가 누설한 내용 중 새로운 것은 아무것도 없다는 걸 알고 있습니다.

불행히도 이 사실을 아무도 모를 겁니다. 이 편지들은 이미 다른 사건들로 가득한 먼지 쌓인 서류철에 들어가 묻힐 겁니다. 그리고 선생님의 후임자, 또는 그 후임자의 후임자가 오래된 기록들을 폐기하려고 할 때나 다시 꺼내겠지요.

그때쯤에는 내 이름도 잊혔겠지요. 하지만 기억되기 위해 이 글을 쓰는 건 아닙니다. 내가 원하는 건 나 자신을 이해해보려는 것입니다. 왜 이렇게 됐을까요? 그토록 여러 해 동안 자신이 원하는 모든 것을 얻었던 한 여인이 어떻게 이토록 어이없게 사형선고를 받을 수 있는 걸까요?

지금 이 순간 나의 인생을 바라보며 추억이란 항상 과거로 흘러가는 강이라는 걸 깨닫습니다.

추억은 종잡을 수 없는 단상들과 우리가 경험한 것들의 이미지로, 그리고 사소한 흔적 하나, 의미 없는 소음 하나로 지금도 숨막히게 조여오는 것들의 이미지로 가득차 있습니다. 빵 굽는 냄새가 감방으로 흘러드는 시간이면 자유롭게 카페를 오가던 날들이 새삼 떠오릅니다. 그건 나를 둘러싼 죽음에 대한 공포와 외로움보다 더욱 나를 고통스럽게 만듭니다.

추억은 우울이라는 악마를 동반하지요. 아, 나는 그 잔인한 악마에게서 헤어날 수가 없습니다. 어느 죄수의 노랫소리를 듣는 일, 한 번도 나에게 장미와 재스민을 가져다준 적 없는 팬들에게 얼마 안 되는 편지를 받는 일, 어떤 도시에서의 한 장면, 그 당시에는 간과하고 지나쳤으나 지금은 내가 방문한 나라로부터 내게 남겨진 전부가 된 그 장면을 떠올리는 일.

추억은 항상 승리합니다. 그리고 추억과 더불어, 우울보다 더욱 무서운 악마가 다가옵니다. 회한이라는 악마. 수녀들이 방문해 잠깐 얘기할 때를 제외하면, 이 감방 안에서 나의 유일한 동반자는 회한입니다. 회한은 신에 대해 말하지 않습니다. 이 사회가 '육체의 죄악'이라고 부르는 것들을 이유로 나를 비난하지 않습니다. 그저 한두 마디 말을 건네올 뿐인데, 그러면 마치 과거로 흘러가는 이 강에 뛰어들어 시간을 되돌리고 싶은 것처럼 내 입에서는 추억들이 터져나옵니다.

그중 하나가 나에게 물었습니다.

"신이 다시 기회를 준다면 완전히 달리 살아볼 것인가?"

그렇다고 대답했지만 솔직히 말하면 모르겠습니다. 지금 나의 심장은 매혹, 열정, 외로움, 수치심, 자부심, 배신감, 슬픔이 배회하는 유령의 도시라는 것밖에는 아무것도 알지 못합니다. 나 자신이 가여워 숨죽여 울면서도 그 감정들을 떨쳐버리지 못하겠습니다.

나는 시대를 잘못 태어난 여자이고, 무엇도 그 사실을 바꿀 수 없을 것입니다. 훗날 내 이름이 기억될지 모르겠지만, 만일 그렇게 된다면, 나는 희생자가 아니라 용기 있게 앞으로 나아간 사람, 치러야 할 대가를 당당히 치른 사람으로 기억되길 바랍니다.

언젠가 빈에 여행을 갔을 때 당시 오스트리아 사람들 사이에서 엄청난 성공을 거둔 한 남자를 만났습니다. 이름은 잘 기억나지 않지만 성은 프로이트였는데, 그 사람은 우리 결함의 원인이 사실은 부모에게 있다고 주장함으로써 우리 모두가 죄책감에서 벗어날 가능성을 제공했고, 바로 그 때문에 사람들은 그에게 열광했습니다.

나는 지금 우리 부모님이 무엇을 잘못했는지 돌아보려 하지만 가족을 탓할 수는 없습니다. 나의 부모님인 아담과 안톄 젤러는 돈으로 살 수 있는 모든 것을 나에게 주었습니다. 그분들은 모자 가게를 운영했고 사람들이 아직 그 중요성을 모를 때부터 석유

산업에 투자했으며 나를 사립학교에 보내줬고 무용과 승마 교습을 받게 해주었습니다. 내가 '헤픈 여자'라는 비난을 받기 시작했을 때 아버지는 나를 옹호하고자 책을 한 권 쓰셨는데 그러지 말았어야 합니다. 아버지의 글은 내가 매춘부이고 거짓말쟁이라는 공격에 더 많은 관심만 끌어들였을 뿐이니까요. 나는 내가 살아온 삶에 거리낄 것 없이 완전히 떳떳합니다.

그래요, 나는 매춘부였습니다. 매춘부라는 말이 애정과 쾌락을 제공하고 그 대가로 편의와 보석을 얻는 사람을 뜻한다면요. 그래요, 나는 거짓말쟁이였습니다. 하지만 너무나 강박적이고 통제되지 않는 상황에서 많은 경우, 내가 무슨 말을 했는지 기억하지 못했고 내가 저지른 실수들을 수습하느라 정신적 에너지를 엄청나게 소모해야 했습니다.

나를 잘못된 도시에 태어나게 한 것, 그 시대 네덜란드인 대부분이 들어본 적도 없는 작은 도시, 절대로 아무 일도 일어나지 않고 날마다 그날이 그날 같은 레이우아르던에서 나를 태어나게 했다는 사실만 빼면 부모님을 탓할 일은 전혀 없습니다. 사춘기 때 나는, 나를 따라 하던 친구들을 보면서 내가 예쁘다는 걸 알았습니다.

1889년에 우리 가족에게 불운이 닥쳤습니다. 아버지는 파산

했고 어머니는 병들어 이 년 후에 돌아가셨습니다. 부모님은 당신들에게 생긴 일을 내가 겪지 않길 원했기에 나를 레이던이라는 다른 도시의 학교에 보냈습니다. 나를 책임질 남편을 만날 때까지 내가 수준 높은 교육과 유치원 교사가 되기 위한 직업훈련을 받아야 한다는 그분들의 목표에는 흔들림이 없었습니다. 내가 집을 떠나던 날, 어머니는 나를 불러 씨앗이 들어 있는 봉투 하나를 건넸습니다.

"마르하레타, 이걸 가져가렴."

마르하레타 젤러가 내 이름이었고 나는 마르하레타라는 그 이름이 싫었습니다. 존경받는 어느 유명 여배우의 이름을 딴 것이어서 똑같은 이름을 가진 소녀들이 수두룩했습니다.

나는 그 씨앗이 무엇이냐고 물었습니다.

"해바라기 씨앗이란다. 하지만 해바라기 씨앗 그 이상의, 네가 배워야 할 가치가 담겨 있단다. 이 씨앗들은 네가 다른 꽃씨와 구별하지 못할 때라도 언제나 해바라기로 피어날 거야. 아무리 원한대도 장미나 우리 나라의 상징인 튤립으로 변할 수는 없어. 타고난 자신의 존재를 부정한다면 죽을 때까지 고통스러운 삶을 보내게 된단다.

그러니까 그게 무엇이든 너의 운명을 기쁜 마음으로 따르도록 해라. 꽃들이 피어나면 자신의 아름다움을 뽐내고 모두의 사랑을 받게 되지. 그러다 시들면 씨앗을 남겨 다른 존재들이 신이 하시는 일을 이어가게 한단다."

어머니는 아픈 몸에도 불구하고 지난 며칠 동안 정성을 기울여 뜨개질해 만든 주머니에 그 씨앗들을 담았습니다.

"꽃들은 우리에게 가르쳐주지. 영원한 건 아무것도 없다고. 아름다움도 시듦도 지나가고 새로운 씨앗을 남길 거야. 네가 기쁠 때나 아플 때, 슬플 때에도 그 사실을 기억하면 좋겠어. 모든 것은 지나가고 늙고 죽고 새로 태어난다는 것을."

그 말씀을 이해하기까지 나는 얼마나 많은 폭풍우를 겪어야 했던 걸까요? 하지만 그때는 어머니의 말씀이 공허하게 들렸습니다. 똑같은 낮과 밤이 계속되는 갑갑한 도시를 어서 떠나고만 싶었습니다. 오늘 나는 이 글을 쓰면서, 어머니가 그때 한 이야기는 당신 스스로를 향한 것이기도 했다는 사실을 깨닫습니다.

"아름드리나무들도 이렇게 작은 씨앗에서 자라난단다. 그 사실을 기억하고 결코 조급해하지 말아라."

어머니는 나에게 작별의 입맞춤을 해줬고, 아버지가 나를 기차역으로 데려다줬습니다. 가는 길에 우리는 거의 아무 말도 하지 않았습니다.

내가 알고 지낸 남자들 대부분이 나에게 즐거움과 보석 그리고 사회적 지위를 제공했고, 나는 그들과의 관계를 결코 후회한 적 없습니다. 첫번째 남자인 학교 교장, 내가 열여섯 살 때 나를 성폭행한 그 남자만 제외하고요.

그 남자는 교장실로 나를 불러 문을 잠근 뒤, 손을 내 다리 사이에 집어넣고 자극하기 시작했습니다. 나는 지금은 적당한 때가 아니라고 부드럽게 말하며 위기를 모면하려고 했지만 그는 아무 말도 하지 않았습니다. 그는 책상 위 종잇장들을 밀어버리고 나를 그 위에 엎드리도록 밀치고는 마치 무언가를 겁내듯이, 누군가 교장실에 들어와 우리의 모습을 볼까봐 두려워하듯이 서

둘러 내 몸속으로 들어왔습니다.

내 어머니는 은유로 가득한 대화를 통해 남자와의 '친밀한 관계'는 사랑이 있을 때, 그것도 평생 지속될 사랑이 있을 때에만 생겨야 하는 일이라고 나에게 가르쳤습니다. 나는 혼란스럽고 겁먹은 채로 그곳을 빠져나왔고, 아무에게도 그 일에 대해 말하지 않을 작정이었습니다. 어느 날 다른 여학생들과 이야기하다가 누군가 그 이야기를 꺼내기 전까지는요. 나 말고도 두 명의 소녀가 같은 일을 당했다는 걸 알았지만 우리가 그걸 누구에게 따질 수 있었을까요? 아무것도 밝히지 못한 채 학교에서 쫓겨나 집으로 돌아가게 될까 두려워 우리는 침묵을 지킬 수밖에 없었습니다. 내가 유일한 피해자가 아니라는 사실이 그나마 위로가 됐습니다. 나중에 내가 파리에서 무용가로 유명해졌을 때 동창들이 그 이야기를 꺼냈고, 순식간에 레이던 시 전체가 그 사실을 알게 됐습니다. 교장은 이미 퇴직한 후였고 아무도 그 사람 앞에서 이 문제를 언급할 엄두를 내지 못했습니다. 오히려 반대였습니다! 유명한 디바의 첫번째 남자였다고 교장을 부러워하기까지 하는 이들도 있었으니까요.

그때부터 나는 섹스를 사랑과는 아무 상관 없는 기계적인 무언가와 연결짓기 시작했습니다.

레이던은 레이우아르던보다도 못한 곳이었습니다. 그곳에는 유명한 유치원 교사 양성 학교와 고속도로로 이어지는 숲 하나, 남의 일에 간섭하는 것 말고는 할 일이 없는 사람들 외에는 아무것도 없었습니다. 하루는 지루함을 달래느라 인근 도시 신문의 광고란을 보기 시작했어요. 거기 이런 광고가 있었습니다.

> 뤼돌프 마클레오트, 네덜란드 장교, 스코틀랜드 혈통, 현재 인도네시아에서 복무중, 결혼해 외국에서 살 젊은 신부를 구함.

거기 내 구원이 있었던 거죠! 장교. 인도네시아. 미지의 바다와 낯선 세상. 보수적인 칼뱅교도들의, 편견과 권태로 가득한 네덜란드는 지겨웠습니다. 가장 섹시하게 잘 나온 내 사진을 동봉해 광고에 나온 주소로 편지를 보냈습니다. 그 구혼 광고가 대위의 친구가 벌인 장난이었으며, 그가 받은 열여섯 통의 편지 중 내 편지가 마지막이었다는 건 몰랐습니다.

대위는 마치 전쟁에라도 나가는 것 같은 차림으로 나를 만나러 왔습니다. 완벽한 장교 정복과 왼편에 찬 칼, 포마드를 잔뜩 바른 긴 콧수염이 볼품없는 외모와 서투른 매너를 조금은 가려주는 듯했습니다.

처음 만난 날 우리는 대수롭지 않은 얘기들을 잠깐 나눴습니다. 나는 그가 나를 다시 만나러 와주길 기도했고 소원은 이루어졌습니다. 일주일 후에 그가 다시 나타났습니다. 친구들에게는 선망의 대상이 되었고, 지난번과 같은 또 한번의 기회를 노렸을 교장에게는 실망을 안겼지요. 그에게서 술냄새가 났지만 크게 마음에 두지 않았고, 내 친구들이 입을 모아 말한 대로 학급에서 가장 아름다운 소녀 앞에 서기가 떨려서 그랬을 거라고 나는 생각했습니다.

세번째로 만난 날, 그는 내게 청혼을 했습니다. 인도네시아. 대위. 먼 곳으로 떠나는 여행. 젊은 여자가 인생에서 더 바랄 게 무엇이겠습니까?

"너보다 스물한 살이나 많은 남자와 결혼할 거라고? 그 남자는 네가 처녀가 아니라는 거 알고 있니?" 학교 교장에게 같은 일을 당한 소녀가 내게 물었습니다.

나는 아무 대답도 하지 않았습니다. 나는 집으로 돌아왔습니다. 그는 내게 정중하게 청혼을 했고 우리 가족은 이웃들에게 빚을 내어 혼수를 마련해주었습니다. 내가 그 광고를 읽은 날로부터 삼 개월 후인 1895년 7월 11일, 우리는 결혼했습니다.

단순한 변화와 더 나은 쪽으로의 변화는 전혀 다른 문제입니다. 무용과 안드레아스가 아니었다면 인도네시아에서 산 시간은 끝없는 악몽이었을 겁니다. 그리고 나의 가장 끔찍한 악몽은 그 모든 걸 다시 겪는 일입니다. 항상 다른 여자들에게 둘러싸여 살던 냉담한 남편, 도망갈 곳이 없어 돌아가던 집, 언제나 다른 장교들의 감시를 받을 뿐 아니라 언어가 통하지 않아서 몇 달이고 집안에서만 보내야 했던 외로움.

어느 여성에게나 기쁨이어야 할 출산의 경험도 나에게는 악몽과 같았습니다. 첫 출산의 고통이 지나간 후 처음 딸아이의 작디작은 몸을 만졌을 때, 내 인생이 충만해진 느낌이었습니다. 뒤돌프는 몇 달 동안은 행실을 조심했지만 곧 자신이 가장 좋아하는 것으로 돌아갔습니다. 현지 애인들에게로요. 남편은 아시아 여성들에게 섹스는 춤과 같은 것이고 유럽 여자는 그들과 경쟁이 안 된다고 했습니다. 그런 말을 아무런 거리낌 없이 나에게 했는데, 취해서였을 수도 있고 작정하고 나를 모욕하기 위해서였을 수도 있습니다. 안드레아스가 나에게 전해준 말도 있습니다. 뤼돌프와 둘이 어딘가에서 어딘가로 향하던 중요치 않은 출장중이던 어느 날 밤, 뤼돌프가 술에 잔뜩 취해서 이런 말을 했다고요.

"마르하레타는 나를 두렵게 해. 다른 장교들이 전부 그녀를 어떻게 쳐다보는지 봤지? 그녀는 언제라도 나를 떠날 수 있을 거야."

누군가를 잃을지도 모른다는 두려움에 사로잡힌 남자들을 괴물로 만들어버리는 이 병약한 논리에 빠져서, 그는 갈수록 엉망이 되었습니다. 그를 만났을 때 내가 처녀가 아니었다는 이유로 그는 나를 창녀라고 불렀습니다. 그리고 자신의 상상 속에서 내가 만났던 남자들이 어떠했는지 속속들이 알고 싶어했습니다. 내가 흐느껴 울며 교장실에서 있었던 일을 이야기하면 어떤 날은 내가 거짓말을 한다면서 나를 때렸고, 또 어떤 날은 더 자세히 얘기하라면서 자위행위를 했습니다. 내게는 모든 것이 악몽에 지나지 않았고, 나는 왜 그래야 하는지도 모르면서 그가 원하는 이야기를 자세하게 꾸며내야만 했습니다.

급기야는 그를 처음 만났을 당시 다니던 학교의 교복과 가장 비슷해 보이는 옷을 사오라고 하인을 딸려 내보내기에 이르렀습니다. 나로서는 이해 못할 어떤 악마에 사로잡힐 때마다 그는 나에게 그 옷을 입으라고 명령했습니다. 그가 가장 좋아하는 쾌락은 강간 장면을 재연하는 것이었습니다. 나를 탁자 위에 엎어놓고 폭력적으로 삽입하는 동안 집안의 고용인들이 모두 내가 그 상황을 즐긴다고 여기게끔 소리를 지르게 했습니다.

어느 날은 그가 나를 강간하는 동안 저항하는 행실 바른 소녀 역할을 해야 했고, 또 어느 날은 강간당하는 걸 즐기는 창녀가 되어 더욱 거칠게 해달라고 외쳐야 했습니다.

조금씩 나는 내가 누구인지 알 수 없어졌습니다. 얼굴에 생긴 상처를 짙은 화장으로 가린 채 심드렁한 표정으로 집안을 돌아다니고 딸아이를 돌보며 하루하루를 보내고 있었지만 나는 아무도, 그 누구도 내 모습에 속지 않으리라는 걸 알고 있었습니다.

나는 다시 임신을 했고 태어난 아들을 돌보며 너무나 행복했습니다. 하지만 얼마 지나지 않아 아기는 유모에게 독살당하고 말았고, 그녀가 무슨 까닭으로 그랬는지 알 수도 없었습니다. 아기가 죽은 바로 그날 다른 고용인들이 유모를 죽여버린 겁니다.

세간에서는 유모가 남편에게 끊임없이 매질당하고 강간당하고 끝없는 노역으로 착취당했으므로 정당한 복수를 한 거라고 결론 내렸습니다.

이제 나에게는 딸아이와 언제나 비어 있는 집, 다른 남자와 바람이 날까봐 나를 아무데도 데려가지 않는 남편, 그리고 너무나 아름다워 숨막힐 듯한 도시뿐이었습니다. 나는 천국에 있으면서 혼자만의 지옥에 살고 있었습니다.

그러던 어느 날, 모든 것이 달라졌습니다. 부대 지휘관이 자바섬의 통치자 중 한 사람을 기리는 지역 무용 공연에 장교들과 그 부인들을 초대했습니다. 뤼돌프는 상관의 초대에 불응할 배짱이 없었지요. 그는 나더러 비싸고 관능적인 옷을 사라고 했습니다. 평소 내 개인적 자질보다 자기 재산에 대해 더 자주 얘기하는 사람이기에 '비싼' 옷이라는 말은 이해가 갔습니다. 하지만 나를 잃을까봐 그렇게 두려웠다면 왜 내가 관능적인 옷을 입고 가기를 원했을까요?

공연 장소에 도착했을 때 그 이유를 알 수 있었습니다. 여자들은 부러움의 시선으로, 남자들은 욕망의 시선으로 나를 쳐다봤고, 그것이 뤼돌프를 흥분시킨다는 것을요. 이 밤이 불행하게 끝날 거라는 걸 알았습니다. 남편이 나를 때리면서 관계를 가질 때, 내가 장교들 한 사람 한 사람과 무엇을 "하리라 상상했는지" 억지로 꾸며내야 할 테니까요. 내게 남은 유일한 것을 어떻게든 보호해야 했습니다. 바로 나 자신 말이죠. 그러기 위해 생각해낸 단 하나의 방법은 전부터 알고 지내던 안드레아스라는 장교와 끊임없이 긴 대화를 나누는 것뿐이었습니다. 안드레아스의 부인은, 뤼돌프의 술잔을 계속 채우며 그가 술에 취해 곯아떨어지기만을 기다리는 나를 혼란과 경악의 눈초리로 쳐다보았습니다.

자바에서 살던 시절에 대해서는 이제 그만 쓰고 싶군요. 과거가 옛 상처를 헤집는 어떤 기억을 들춰낼 때면 다른 상처들도 불시에 드러나면서 영혼 깊은 곳에서 피가 흐르고, 결국 스스로 무릎을 꿇고 울게 됩니다. 그렇지만 내 인생을 바꿔버린 세 가지를 짚지 않고 여기서 중단할 수는 없어요. 그것은 나의 결단, 그날 관람한 무용, 그리고 안드레아스 부인입니다.

나의 결단은 이러했습니다. 나는 더이상 문제들을 쌓아두고 누구라도 참을 수 없을 고통의 한계를 넘어서 살 수 없다는 것이었습니다.

그런 생각을 하고 있는데 지역 통치자를 위한 무용 공연을 준비하고 있던 아홉 명의 무용수들이 무대에 올랐습니다. 그 도시의 몇 안 되는 공연에서 보았던 열광적이고 흥겹고 강렬한 리듬이 아니라 모든 동작이 슬로모션처럼 느리게 움직이는 것 같았습니다. 처음에는 몹시 지루하게 느껴졌지만 음악에 몸을 맡기고 불가능해 보이는 자세들을 취하는 무용수들을 보자 일종의 종교적 황홀경에 빠져들었습니다. 그런 자세 중 하나는 극도로 고통스러울 만큼 몸을 앞뒤로 꺾어 'S'자 모양을 만드는 것이었습니다. 무용수들은 기습 공격을 준비하는 날쌘 표범처럼 부동자세에서 갑자기 풀려날 때까지 그 자세를 취하고 있었습니다.

그들은 모두 푸른 색조로 화장을 하고 지역 전통 의상인 사롱을 입고 가슴에는 비단 띠를 매고 있었는데, 그 띠는 여성의 가슴은 가리고 남자의 근육은 도드라지게 만들어주었습니다. 여자 무용수들은 보석을 박은 수공예 머리띠를 두르고 있었습니다. 유려한 춤사위는 가끔 전투를 모방한 장면으로 바뀌었고 비단 띠가 상상의 칼로 이용되었습니다.

나는 점점 강렬한 황홀경에 빠졌습니다. 난생처음 나는, 뤼돌프와 네덜란드와 살해당한 내 아들, 그 모두가 어머니가 내게 준 씨앗처럼 죽고 다시 태어나는 세상의 일부였다는 걸 이해했습니다. 나는 하늘을 올려다보았고 별들과 야자나무 잎사귀들을 보았습니다. 그리고 다른 차원과 다른 공간으로 떠나도록 나를 내맡기기로 했습니다. 그때 안드레아스가 말을 건넸습니다.

"다 이해하십니까?"

심장에서 흐르던 피가 멈췄고 그 순간 나는 가장 순수한 형태의 아름다움을 응시하고 있었기에, 그렇다고, 이해한다고 생각했습니다. 하지만 남자들은 항상 무언가를 설명하고 싶어하죠. 그는 이 춤이 요가와 명상을 결합한 고대 인도 전통 무용에서 유래되었다고 말했습니다. 그는 이해 못하고 있었어요. 춤이란 한 편의 시이고, 각각의 동작은 하나의 단어를 의미한다는 걸 말이죠.

나의 정신적 요가와 자연스러운 명상은 즉시 중단되었고, 나는 무례하게 보이지 않으려고 아무 대화나 끌어내야 했습니다.

안드레아스 부인이 그를 쳐다봤습니다. 안드레아스는 나를 쳐다보고 있었습니다. 뤼돌프는 나와 안드레아스와 초청 인사인 한 여성을 쳐다봤고, 그 여성은 예의상 미소로 응답했습니다.

자바인들이 자신들의 성스러운 의식을 존중하지 않는 우리 외국인들에게 못마땅한 시선을 보내고 있었지만, 우리는 얼마간 대화를 이어갔습니다. 아마 그래서였는지 공연은 일찍 끝났고 무용수들은 자국 사람들에게 시선을 고정한 채 열을 지어 무대에서 퇴장했습니다. 그들 중 어느 누구도, 턱수염과 콧수염에 포마드를 처바르고 잘 차려입은 아내를 동행하고서 큰 소리로 웃음을 터뜨리는 최악의 매너를 갖춘 백인 야만인 무리에게 시선을 주지 않았습니다.

뤼돌프는 내가 그의 잔을 한번 더 채워준 후에 웃음 짓던 자바 여인을 향해 걸어갔고, 그녀는 아무것도 겁내지 않는 눈빛으로 그를 바라봤습니다. 안드레아스 부인은 다가와서 안드레아스의 팔을 붙잡으며 '이 사람은 내 거야'라고 말하는 듯한 미소를 지었고, 자신의 남편이 계속 이러쿵저러쿵 늘어놓는 무용에 대한 무의미한 견해에 흥미를 보이는 척했습니다.

"지난 세월 내내 나는 당신에게 충실했어." 대화를 끊으며 그녀가 말했습니다. "당신은 내 마음과 행동을 지배하는 사람이고, 내가 매일 밤 당신이 온전하고 무사하게 집에 돌아올 수 있길 기도하는 건 신께서 알고 계셔. 당신을 살리기 위해 내 목숨을 내놓아야 한다면 주저없이 그렇게 할 거야."

안드레아스는 내게 실례하겠다면서 이제 그만 가봐야겠다고,

행사 때문에 모두가 많이 지쳤다고 말했습니다. 하지만 그녀는 그 자리에서 꼼짝도 않겠다고 했습니다. 남편이 어찌할 엄두를 못 낼 만큼 살벌하게 말이죠.

"당신이 내 인생에서 가장 중요한 존재라는 걸 이해시키려고 인내심을 갖고 기다렸어. 아름답기는 하지만, 마르하레타를 비롯해서 모든 아내들에게 악몽이었을 이곳까지 당신과 동행했고."

그녀는 나를 향해 돌아서서 커다랗고 파란 눈으로 내가 동조해주기를, 항상 서로의 적인 동시에 공범이 되는 여성들의 태곳적 전통을 따라주기를 애원했지만 나는 고개를 끄덕일 용기가 없었습니다.

"나는 온 힘을 다해서 우리 사랑을 위해 싸웠지만 오늘로 끝났어. 내 심장을 짓누르던 돌멩이는 이제 바윗돌만해졌고 그래서 더이상 심장이 뛰지 못해. 내 심장은 마지막 숨을 거두면서 내게 말했어. 여기 말고 다른 세상이 있고, 거기서는 이 공허한 낮과 밤을 채워줄 한 남자에게 곁에 있어달라며 항상 애걸할 필요가 없다고."

비극이 다가오고 있다는 예감이 들었습니다. 나는 그녀에게 진정하라고, 그 자리에 있는 사람들 모두가 그녀를 좋아하며 그녀의 남편은 모범적인 장교라고 말해주었습니다. 그녀는 고개를 저었고 이미 그런 말은 수없이 들었다는 듯 미소 지으며 말을 이었습니다.

"내 몸은 아직 숨쉬고 있지만 영혼은 죽은 거나 다름없어. 난 여기를 떠날 수도 없고 당신이 내 곁에 있어줘야 한다는 걸 당신에게 이해시킬 수도 없으니까."

지켜야 할 명예가 있는 네덜란드 장교 안드레아스는 난처한 기색이 역력했습니다. 나는 몸을 돌려 그 자리를 벗어나려 했지만 그녀가 남편을 잡고 있던 손으로 내 팔을 붙잡았습니다.

"오직 사랑만이 아무 의미 없는 것에 의미를 줄 수 있어요. 나에게는 그 사랑이 없다는 게 드러났네요. 그렇다면 계속 살아갈 이유가 있을까요?"

그녀와 나의 얼굴은 아주 가까이에 있었습니다. 그녀의 숨결에서 술냄새를 맡아보려 했으나 전혀 나지 않았습니다. 그녀의 눈을 들여다보아도 눈물의 흔적은 없었습니다. 아마도 다 말라버렸겠지요.

"마르하레타, 부탁이에요. 내 곁에 있어주세요. 당신은 착한 여자고, 아이를 하나 잃었지요. 나는 잉태해본 적 없지만 그게 어떤 일인지는 알아요. 지금 내가 하려는 이 일은 나 자신을 위해서가 아니라, 착각일 뿐인 자유 속에서 포로가 된 모든 여자들을 위한 것입니다."

안드레아스 부인은 가방에서 작은 권총을 꺼내 자기 가슴을 겨누었고 우리 중 누구도 막을 새 없이 방아쇠를 당겼습니다. 총소리가 그녀의 이브닝드레스에 묻혀 크게 울리지는 않았지만 사람들은 일제히 우리 쪽을 돌아봤습니다. 총을 쏘기 직전에 그녀가 나에게 바싹 붙어 있었기 때문에 사람들은 처음에는 내가 범죄를 저질렀다고 생각했습니다. 하지만 이내 공포에 질린 내 표정과 아내의 생명을 앗아가고 있는 출혈을 멈추고자 무릎 꿇은 안드레아스의 모습을 보았습니다. 그녀는 남편의 품에 안긴 채 세상을 떠났고 눈빛은 평온했습니다. 뤼돌프를 비롯해서 사람들 모두가 다가왔습니다. 술 취하고 무장한 남자들이 몰려들자 자바 여인은 겁에 질려 다른 곳으로 몸을 피했습니다. 무슨 일인지 사람들이 묻기 전에 나는 남편에게 빨리 이곳을 떠나자고 했고, 남편은 군말 없이 그러자고 했습니다.

집에 도착하자마자 나는 내 방으로 가서 옷가방을 싸기 시작했습니다. 뤼돌프는 술에 취해 소파에서 곯아떨어졌습니다. 다음날 아침이 되어서야 잠에서 깬 그는 하인들이 차려낸 푸짐한 아침밥을 먹고 나서 내 방에 왔고, 짐가방들을 발견했습니다. 마침내 그가 입을 열었습니다.

"어디 가려는 거야?"

"다음 배로 네덜란드에. 아니면 안드레아스 부인에게 생긴 기회가 오는 즉시 천국으로. 당신이 결정해."

그전까지는 그가 이 집에서 명령을 내리는 유일한 사람이었습니다. 하지만 틀림없이 내 눈빛은 완전히 달라져 있었고, 그는 잠깐 머뭇거리더니 집에서 나갔습니다. 그리고 밤에 돌아와서는 그간 미뤄둔 휴가를 써야겠노라고 말했습니다. 두 주 후, 우리는 로테르담으로 가는 첫 배를 탔습니다.

나는 안드레아스 부인의 피로 세례를 받았고, 그날의 세례식을 통해 영원히 자유로워졌습니다. 비록 남편도 나도 그 자유가 어디까지 이어질지는 알지 못했지만요.

나에겐 장관 친구들이 많아서 아직은 대통령이 나를 사면할지도 모른다는 희망을 버릴 수 없지만, 그래도 오늘 내게 남은 소중한 시간의 일부를 로렌스 수녀님이 가져갔습니다. 수녀님은 내가 체포되었을 때 압류된 개인 물품 목록을 들고 왔습니다.

수녀님은 더없이 조심스럽게, 최악의 시나리오가 유일한 대안으로 남을 경우 그 물품들을 어떻게 처리해야 할지 내게 물었습니다. 나는 지금은 허비할 시간이 없으니 목록을 두고 가시면 나중에 돌려드리겠노라고 말했습니다. 하지만 만일 최악의 시나리오가 정말로 유일한 대안이 된다면 수녀님 마음대로 처리하면 된다고요. 어쨌든 나로서는 최선의 시나리오대로 일이 풀리리라

믿고 있으므로 목록 전부를 베껴두기로 합니다.

트렁크 1:

- 스위스에서 구입한 푸른 광택 장식의 금시계 1개
- 둥근 상자 1개(그리고 그 속에 들어 있는 모자 6개, 진주와 금으로 만든 핀 3개, 긴 장식 깃털 몇 개, 베일 1장, 모피 어깨걸이 2개, 모자 장식 3개, 배 모양 브로치 1개, 야회복 1벌)

트렁크 2:

- 승마 부츠 1켤레
- 말솔 1개
- 구두약 1상자
- 각반 1벌
- 박차 1쌍
- 가죽구두 5켤레
- 승마복에 어울리는 하얀 셔츠 3장
- 왜 있는지 모르겠지만, 아마도 부츠 광을 내는 데 썼을 헝겊 1장
- 정강이 보호용 가죽 각반 1벌
- 승마할 때 가슴이 단단하게 보이게 하는 특수 지지대 3개
- 실크 팬티 8장과 면 팬티 2장
- 다양한 승마복과 어울리는 허리띠 2개
- 장갑 4켤레
- 우산 1개
- 직사광선으로부터 눈을 보

호해주는 챙모자 3개

- 양털 양말 3켤레(그중 한 켤레는 오래 신어 닳음)
- 드레스 보관용 가방 1개
- 생리대용 수건 15장
- 양모 스웨터 1장
- 어울리는 재킷과 바지를 포함한 승마복 정장 1벌
- 머리핀 1상자
- 부분 가발 1개와 머리칼 고정 클립 1개
- 여우 털로 만든 목 보호대 3개
- 분첩 2개

트렁크 3:

- 가터벨트 6개
- 피부 보습크림 1통
- 굽 높은 에나멜가죽 부츠 3켤레
- 코르셋 2개
- 드레스 34벌
- 꽃씨가 담긴, 손으로 짠 천 주머니 1개
- 부인용 보디스 8장
- 목도리 1개
- 편안한 팬티 10장
- 조끼 3장
- 긴소매 재킷 2벌
- 빗 3개
- 블라우스 16장
- 다른 야회복
- 수건 1장과 향 비누 1개(호텔 비누는 병이 옮을까봐 쓰지 않음)
- 진주 목걸이 1개

- 안에 거울이 있는 손가방 1개
- 상아 빗 1개
- 잠들기 전 장신구를 넣어두는 상자 2개
- 러시아제국 제1특수부대 바딤 드 마슬로프 대위의 이름이 새겨진 구리 명함들이 들어 있는 상자 1개
- 여행중 얻은 도자기 찻잔 세트를 담은 나무상자 1개
- 나이트가운 2장
- 자개 손잡이가 달린 손톱 줄
- 담배 케이스 2개(하나는 은제품, 다른 하나는 금이거나 도금인데 확실히는 모름)
- 취침용 레이스 두건 8장
- 목걸이, 귀걸이, 에메랄드 반지, 에메랄드와 다이아몬드가 박힌 다른 반지, 그 밖의 준보석 장신구들이 들어 있는 상자들
- 손수건 21장이 든 실크 가방
- 부채 3개
- 프랑스 최고급 브랜드의 립스틱과 볼연지
- 프랑스어 사전
- 내 사진 여러 장이 들어 있는 지갑
- 그리고 여기서 풀려나는 대로 없애버릴 작정인 바보 같은 물품들, 이를테면 실크 리본으로 묶어놓은 애인들 편지, 좋아했던 오페라 공연 티켓 등

이 물품들 대부분은 르뫼리스 호텔에서 압류당했습니다. 내가

숙박비를 지불할 돈이 없을 거라고 판단했기 때문이었지요. 그리고 그건 당연히 틀린 생각이었습니다. 어떻게 그런 생각을 할 수 있을까요? 어쨌든 파리는 항상 내가 꿈꿔온 목적지였고, 이곳에서 사람들이 나를 사기꾼이라고 손가락질할 일은 결코 하지 않을 겁니다.

행복해지길 바란 적은 없습니다. 그동안 그래왔던 것처럼 너무 불행하거나 비참해지지 않기를 바랐을 뿐입니다. 내게 조금만 더 인내심이 있었더라면 아마도 다른 상황에서 파리에 왔을 수도 있었겠지요…… 비록 나는 결혼을 한 점잖은 여인이었지만, 새어머니와 남편, 하루종일 울어대는 아이, 하나같이 편견투성이인 지방 사람들이 사는 작은 도시가 주는 괴로움을 더이상 견딜 수 없었습니다.

어느 날 나는 아무도 모르게—상당한 직관과 능력이 필요했죠—헤이그로 가는 기차에 올랐고, 바로 프랑스 영사관으로 찾아갔습니다. 당시는 아직 전쟁의 북소리가 울리기 전이었고, 프랑스 입국은 어렵지 않았습니다. 네덜란드는 유럽 대륙을 황폐하게 만든 분쟁 속에서도 늘 중립국으로 남아 있었고, 나는 스스로를 믿었습니다. 카페에서 영사와 만나 두 시간을 보내는 동안 그는 나를 유혹하려 들었고 나는 그 수작에 넘어가는 척했습니다. 나는 파리에 먼저 가서 그가 며칠간 방문할 때를 기다리기로 약속하고 파리행 편도 차표를 얻었습니다.

"저는 저를 도와주신 분들에게 관대한 편이에요."

나는 그렇게 무언가 암시하듯 말했습니다. 영사는 내 말뜻을 알아들었고 내가 무엇을 할 줄 아는지 물었습니다.

"저는 동양 음악에 맞춰 전통 무용을 춰요."

동양 음악? 그것이 남자의 호기심을 더욱 자극했습니다. 나는 그에게 일자리를 찾도록 도와줄 수 있느냐고 물었습니다. 영사는 파리에서 막강한 영향력이 있는 기메라는 사람을 소개해줄 수 있으며, 그는 예술품 수집가로도 유명한데다 동양에서 온 거라면 다 좋아한다고 말했습니다.

"언제쯤 떠날 수 있겠습니까?"

"제가 머물 장소만 마련해주신다면 오늘 당장요."

영사는 자신이 이용당하고 있다는 걸 알아챘습니다. 그에게 나는 부유한 남자들과 수월한 삶을 찾아 모두가 꿈꾸는 도시로 떠나려는 또 한 명의 여자에 불과할 터였습니다. 그가 몸을 사리기 시작할 거라는 예감이 들었습니다. 그는 내 이야기를 들으면서 나의 동작 하나하나, 내가 하는 말 한마디 한마디, 내 몸의 움직임 하나하나를 관찰하고 있었습니다. 그리고 그의 예상과는 달리, 처음에는 요부처럼 굴던 나는 이제는 세상에서 가장 정숙한 여인처럼 행동했습니다.

"친구분께서 원하신다면 진짜 자바 전통 무용 공연을 한두 편 보여드릴 수 있어요. 그분이 마음에 안 들어하시면 그날로 돌아오는 기차를 타지요."

"하지만 부인……"

"아가씨예요."

"편도 차표 한 장만 원하셨잖습니까?"

나는 주머니에서 돈을 꺼내 돌아올 차비가 충분하다는 걸 보여줬습니다. 나한테는 가는 표를 살 돈도 충분했지만 여자가 남자에게 도움을 청하는 건 언제나 남자의 마음을 약하게 만들지요. 그것이 모든 남자의 꿈이라고, 자바에서 장교들의 여자친구들이 나에게 말해주었습니다.

그는 긴장을 풀고는 기메 씨에게 추천서를 쓰기 위해 내 이름을 물었습니다. 그 점을 미처 생각하지 못했었습니다! 이름? 이름을 밝히면 이 사실이 가족들에게 알려질 것이고, 프랑스로서는 필사적으로 도망치려는 부인네 한 명 때문에 중립국과 문제를 일으키길 원하지 않을 터였습니다.

"이름은요?" 그가 펜과 종이를 집어들며 다시 물었습니다.

"마타 하리입니다."

안드레아스 부인의 피로 나는 다시 세례를 받고 있었습니다.

내 눈앞에 펼쳐진 광경을 믿을 수 없었습니다. 거의 하늘에 닿을 듯이 높고 거대한 철탑이 서 있었는데, 도시의 우편엽서 어디에서도 그 모습을 찾을 수는 없었습니다. 센 강변 양쪽에는 중국이나 이탈리아 또는 세계의 유명한 나라들을 연상시키는 독특한 구조물들이 있었습니다. 네덜란드를 떠올리는 구조물을 찾아보려 했으나 없었습니다. 네덜란드를 대표하는 건 무엇이었을까요? 오래된 풍차? 무거운 나막신? 거기 모여 있는 수많은 현대적 구조물 가운데 그런 것은 없었습니다. 둥근 철제 받침대 위에 붙어 있는 광고물은 세상에 있으리라고 믿기지 않는 것들을 선전하고 있었습니다.

"보세요! 가스나 화력 없이 켜지고 꺼지는 조명들! 오직 '전기의 궁전'에만 있습니다!"

"걷지 말고 계단을 오르세요! 발판이 여러분을 위해 움직입니다." 양쪽에 난간이 있고 열린 터널처럼 보이는 구조물 그림 아래 이런 말이 쓰여 있었습니다.

"아르 누보*: 첨단 유행."

거기에는 그다지 놀랄 만한 건 없었지만, 도자기로 만든 백조 두 마리와 꽃병 사진이 있었습니다. 그 밑에는 거대한 탑과 비슷한, '그랑 팔레'**라는 거창한 이름을 단 금속 구조물의 그림이 있었습니다.

시네오라마, 마레오라마*** 등의 파노라마들이 움직이는 이미지를 통해 예전에는 갈 수 있으리라고 상상도 못했던 곳으로 관람객들을 데려가준다고 약속하고 있었습니다. 그 영상들을 바라보고 있을수록 더욱 혼란스러웠습니다. 그리고 점점 후회스러웠습니다. 아무래도 내 보폭보다 너무 큰 걸음을 내디딘 것 같았습

---

* 19세기 말부터 20세기 초에 걸쳐 프랑스에서 유행한 건축, 공예, 회화 등 예술 분야의 새로운 양식.

** 프랑스어로 '거대한 궁전'이라는 뜻.

*** 만국박람회에서 새롭게 선보인 파노라마 작품들.

니다.

도시는 이리저리 거리를 활보하는 사람들, 난생처음 보는 우아한 옷을 차려입은 여인들, 무언가 중요한 일로 무척 바빠 보이지만, 돌아볼 때마다 나를 쳐다보고 있던 남자들로 들끓고 있었습니다.

학교에서 프랑스어를 배우긴 했지만 나는 너무 불안했습니다. 그래서 사전을 손에 든 채 대충 나와 비슷한 나이로 보이는 여자에게 다가가서 영사가 나를 위해 예약해둔 호텔이 어디인지 물었습니다. 그녀는 내 가방과 옷을 쳐다보더니, 내가 자바에서 가져온 가장 좋은 옷을 입고 있었음에도 아무 대답 없이 지나가버렸습니다. 보아하니 외국인들은 파리에서 별로 환영받지 못하거나, 파리 사람들은 지구상에서 자기들이 가장 잘났다고 생각하는 모양이었습니다.

두 번인가 세 번 더 길을 물었지만 반응은 똑같았고 결국 나는 지쳐 소녀 시절에 꿈꾸던 장소인 튈르리 정원으로 가서 벤치에 주저앉았습니다. 거기까지 온 것만도 기대했던 것 이상의 대단한 성과였습니다.

다시 돌아가야 하나? 그날 밤 묵을 숙소를 찾아내는 것조차 얼마나 힘들지 생각하며 한동안 속으로 갈등했습니다. 바로 그 순간, 운명이 끼어들었습니다. 세찬 바람이 불면서 실크해트 하나가 날아와 정확히 내 다리 사이에 부딪힌 겁니다.

나는 조심스럽게 모자를 주워들고 일어나 내 쪽으로 달려오는 남자에게 내밀었습니다.

"제 모자가 거기로 날아갔네요." 그가 말했습니다.

"선생님 모자가 제 다리에 이끌렸나봐요." 내가 대답했습니다.

"이유를 알 것 같군요." 그는 나를 유혹하려는 뚜렷한 의도를 숨기지 않고 말했습니다. 우리 나라의 칼뱅교도들과는 달리 프랑스인들은 완전하고 철저하게 자유롭기로 유명했습니다.

그가 모자를 잡으려고 손을 뻗자 나는 모자를 등뒤로 감추며 다른 손으로 호텔 주소가 쓰여 있는 종이를 내밀었습니다. 그는 주소를 읽고 그게 무엇인지 물었지요.

"내 친구가 사는 곳이에요. 이틀간 지내려고 왔어요."

이미 그가 내 옆에 있는 짐가방을 봤기 때문에 친구와 저녁 약속이 있어서라고는 말할 수 없었습니다.

남자는 아무 말이 없었습니다. 호텔이 형편없는 곳인가보다 생각하고 있었는데 그의 대답은 뜻밖이었습니다.

"리볼리 가*는 지금 앉아 계시는 벤치 바로 뒤에 있습니다. 가방을 들어드릴까요? 그리고 가는 길에 카페들이 많습니다. 저랑 아니스 술 한잔하시겠습니까, 마담?……"

"마드무아젤 마타 하리예요."

나는 잃을 게 없었습니다. 그는 파리에서 만난 나의 첫번째 친구였습니다. 우리는 호텔을 향해 걸어가던 도중에 식당 한 곳에 들어갔습니다. 그곳의 웨이터들은 이제 막 화려한 파티에서 나온 사람들처럼 차려입고서 발까지 내려오는 앞치마를 두르고 있었는데, 그들은 내가 금세 이름을 잊은 나의 동행에게만 웃어 보였습니다. 우리는 식당 한구석의 조용한 자리에 앉았습니다.

남자가 나에게 어디서 왔느냐고 물었습니다. 나는 네덜란드 제국의 일부인 동인도에서 태어나고 자랐다고 설명했습니다. 그리고 내가 아마 세상에서 하나뿐일 그 아름다운 탑에 대해 이야기를 꺼내자 그 화제는 본의 아니게 그의 분노를 자극하고 말았습니다.

"그 탑은 사 년 안에 철거될 겁니다. 만국박람회는 우리가 휘말린 최근 두 번의 전쟁보다 더 많은 공공 예산을 써버렸어요. 그들은 앞으로 유럽의 모든 나라가 일종의 연합이 될 것이고 마침내 평화롭게 살 거라는 인상을 모두에게 주고 싶어합니다. 그

---

* 파리의 대표적인 번화가.

렇게 될 거라고 생각하나요?"

나는 그에 대해 아무 생각이 없었으므로 대답을 아끼기로 했습니다. 이미 말했듯이 남자들은 세상만사에 대해 설명하고 의견을 피력하길 좋아하지요.

"독일인들이 만든 전시관을 보셔야 해요. 그들은 우리를 모독하려 했어요. 엄청난 규모에 감각은 형편없고, 금속과 기계류, 머지않아 바다 전체를 지배할 선박의 미니어처들이 설치돼 있고 거대한 탑 하나가……"

그는 무언가 외설적인 것을 언급하려는 듯이 잠시 말을 멈추었습니다.

"……맥주로 가득차 있어요! 독일 황제를 기리기 위한 거라고 하지만 단언컨대 그 모든 컬렉션의 목적은 단 하나입니다. 우리에게 자기들을 조심하라고 경고하는 거죠. 십 년 전, 전쟁이 다시 우리의 문을 두드릴 거라고 주장하는 유대인 스파이가 체포된 적이 있습니다. 하지만 요즘엔 그 불쌍한 인간이 무죄라고들 주장하는데 그건 다 빌어먹을 소설가 졸라* 때문이죠. 그 작자는 우리 사회를 분열시키는 데 성공했고 이제 프랑스의 절반은 그

* 에밀 졸라는 신문에 「나는 고발한다」라는 글을 발표하며 스파이 누명을 쓴 유대계 프랑스인 육군 장교 알프레드 드레퓌스의 결백을 주장했다.

스파이가, 영원히 머물러야 마땅한 그 '악마의 섬'에서 풀려나길 원하고 있어요."

그는 아니스 술 두 잔을 더 주문했고 자기 잔을 서둘러 비우고는, 자신은 너무 바쁜 사람이라고, 하지만 내가 파리에 더 머물 예정이라면 네덜란드 전시관을 방문해봐야 할 거라고 말했습니다.

네덜란드? 풍차와 나막신은 못 보았는데.

"사실은 네덜란드 전시관이 맞는데, 네덜란드령 동인도 전시관이라고 이름을 잘못 붙였어요. 나는 아직 거기를 들를 시간이 없었습니다. 그곳에 있는 지나치게 비싼 다른 설치물들과 곧 똑같은 처지가 되고 말겠지만, 사람들 얘기로는 아주 흥미롭다고 하더군요."

그는 자리에서 일어섰습니다. 그러고는 명함을 꺼내들더니 주머니에서 금장 만년필을 꺼내 줄을 죽 그어 자기 성을 지웠는데, 그건 조만간 우리가 더욱 가까워지기를 바란다는 표시였습니다.

그는 나의 손등에 정중하게 작별 키스를 하고 떠났습니다. 명함을 보니 통상 있어야 할 주소가 없었습니다. 쓸모없는 것들은 모아두지 않을 작정이었으므로 나는 그가 시야에서 사라지자마자 명함을 구겨 내버렸습니다.

이 분 후에 나는 명함을 도로 챙기기 위해 돌아왔습니다. 그는 영사가 추천장을 써준 바로 그 사람이었습니다!

A ESPIÃ

2부

"늘씬한 몸매에 큰 키, 야생동물처럼 유연한 우아함을 지닌 그녀의 신비롭게 물결치는 검은 머리칼은 우리를 마법의 세계로 이끈다."

"육체로 미지의 비극을 연출하는 가장 여성스러운 여성."

"천 가지의 다채로운 리듬과 완벽하게 어울리는 천 개의 동작과 천 개의 굴곡."

이런 신문 스크랩들은 이제 더이상 기억나지 않는 삶을 말해주는, 깨진 찻잔 조각 같습니다. 여기서 나가는 대로 이 스크랩들을 엮어 가죽 장정을 할 겁니다. 이미 재산은 압류되었으니 페이지마다 금테를 두른 그 책이 딸에게 물려주는 내 유일한 유산이 될 겁니다. 딸과 함께하게 되면, 언젠가 대중 앞에서 춤추고자 하는 모든 여성들의 꿈인 폴리베르제르*에 대해서 말해줄 겁니다. 마드리드 데 로스 아우스트리아스**와 베를린 거리, 몬테카를로의 궁전들이 얼마나 아름다운지도 얘기해줄 거고요. 내가 춤을 추었던 트로카데로와 세르클 루아얄을 함께 구경하고 막심스와 룸펠마이어를 비롯한 식당들에 가면 모두가 가장 유명한 손님이 돌아왔다고 기뻐할 겁니다.

그리고 우리는 이탈리아로 같이 가서 그 빌어먹을 댜길레프***가 파산 직전인 걸 보며 고소해할 겁니다. 밀라노의 스칼라극장을 딸에게 보여주면서 자랑스럽게 얘기할 거고요.

"여기서 마르체노의 〈바쿠스와 감브리누스〉를 공연했어."

지금 여기서 겪는 일은 그저 나의 명성에 하나 더 추가될 따름입니다. 비밀로 가득찬 '스파이'일 수도 있는 팜므파탈로 보이고

* 1869년 문을 연 파리의 가장 오래된 뮤직홀.

** 합스부르크 왕가가 지배하던 시절의 마드리드로, 마요르 광장과 알문데라 대성당을 중심으로 하는 구시가지를 일컫는다.

*** 러시아 발레 기획자 세르게이 댜길레프. 마타 하리는 그가 이끄는 '러시아발레단'에 입단하고 싶어했으나 그 바람은 이루어지지 않았다.

싶지 않은 사람이 누가 있겠습니까? 위험이 실재하지 않는 한 누구나 모험을 감행하지요.

아마도 딸은 나에게 이렇게 물을 겁니다.

"그런데 나의 어머니 마르하레타 마클레오트는요?"

나는 이렇게 대답할 겁니다.

"나는 그 여자를 몰라. 나는 모든 남자들의 로망이자 여자들에겐 선망의 대상인 마타 하리로서 일평생 생각하고 행동해왔고, 앞으로도 그럴 거야. 네덜란드를 떠난 후로 나는 먼 거리와 위험에 개의치 않았고 그런 것들은 날 두렵게 하지 못해. 돈 한푼, 마땅한 옷가방도 없이 파리에 왔지만 인생에서 이루어낸 걸 보렴. 네 삶도 그렇게 되길 바란다."

그러고 나서 나의 춤에 대해 얘기할 겁니다. 다행히도 나는 나의 중요 춤동작과 의상 대부분을 찍은 사진들을 아직 갖고 있어요. 나를 결코 이해하지 못했던 비평가들의 말과는 반대로, 무대에 섰을 때 나는 내가 누구인지를 잊고 신을 위해 모든 것을 바쳤습니다. 그랬기에 아주 행복하게 옷을 벗을 수 있었습니다. 그 순간 나는 아무것도 아니었고, 나의 육체도 아니었고, 다만 우주와 더불어 성찬식을 올리는 춤동작 그 자체였을 뿐이니까요.

나에게 첫 공연의 기회를 제공해준 기메 씨에게 항상 감사할 겁니다. 나는 그가 아시아에서 개인 소장용으로 사들인 엄청난 고가의 의상을 입고 그의 사립 박물관에서 첫 공연을 펼쳤지요. 비록 그러기 위해서 쾌락이 거의 없는 힘겨운 섹스를 반시간 동안이나 해야 했지만요. 나는 언론인과 유명 인사들, 일본과 독일의 두 대사를 포함한 삼백여 명의 관객들 앞에서 춤을 췄습니다. 이틀 후 모든 신문에는 네덜란드 제국의 어느 언저리에서 태어나 이 먼 나라에 "종교심"과 "대담함"을 가져온 이국적인 여성에 대한 이야기뿐이었습니다.

그날의 무대는 창조와 파괴의 신인 힌두교 시바 신의 동상으로 꾸며졌습니다. 아로마 오일을 섞은 촛불이 타올랐고 음악은 나를 제외한 모두를 일종의 황홀경에 빠뜨렸습니다. 나는 내게 주어진 의상들을 신중하게 살핀 뒤, 내가 무엇을 할지 정확히 알았지요. 그것은 단 한 번의 기회였습니다. 그때까지 언제나 도움을 구걸하고 때로는 그 대가로 섹스를 제공했던 비참한 내 인생에 온 단 한 번의 기회였어요. 나는 이미 그런 삶에 익숙해져 있었지만, 익숙해지는 것과 만족하는 것은 다릅니다. 돈으로는 충분치 않았어요. 나는 그 이상을 원했습니다!

춤추기 시작했을 때, 나는 카바레 무용수가 별다른 의미 부여 없이 하는 무언가를 해야만 한다고 생각했습니다. 나는 새로운 것을 열망하지만 남들 눈에 띌 수 있는 곳은 방문할 용기가 없는 관객들이 모인 권위 있는 공연장에 서 있었습니다.

의상은 여러 겹의 베일을 겹쳐서 만든 것이었어요. 첫번째 베일을 벗었을 때는 아무도 큰 관심을 보이지 않는 것 같았습니다. 하지만 두 개째, 세 개째 베일을 벗자 관객들이 서로 눈치를 보기 시작했습니다. 다섯 개째 베일을 벗었을 때는 모든 관객이 춤에는 관심이 없고 내가 어디까지 보여줄 것인지 궁금해하며 나의 행위에 집중했습니다. 춤을 추는 동안 나와 가끔 시선을 마주친 여인들도 놀라거나 불쾌한 기색을 보이지 않았습니다. 공연은 분명 남자들만큼 여자들도 흥분시킨 것 같았습니다. 네덜란드였다면 바로 감옥에 갔겠지만 프랑스는 평등과 자유의 나라였습니다.

여섯 개째 베일을 마저 벗은 후 나는 시바 동상 쪽으로 다가갔습니다. 그리고 일곱번째 베일과 마지막 베일을 벗어던지고는 오르가슴을 연기하면서 바닥에 몸을 던졌습니다.

몇 분 동안 관객석은 완벽한 정적에 휩싸였습니다. 모두 돌처럼 굳어버리거나 경악을 금치 못하는 것 같았지만 바닥에 누운 상태라서 그들을 볼 수는 없었습니다. 이윽고 한 여성이 "브라보" 하고 외치는 소리가 처음으로 들려왔고, 곧 관객 모두가 자리에서 일어나 박수를 쳤습니다. 나는 한 손으로 가슴을, 다른 손으로 음부를 가리고 일어섰습니다. 머리를 숙여 감사 인사를 하고는 철저히 계산해서 미리 실크 가운을 놓아둔 무대 옆으로 걸어갔습니다. 그치지 않는 박수 소리에 무대로 돌아가 답례 인사를 계속하고는 이제 더이상 무대에 나오지 않고 퇴장하는 편이 낫겠다고 마음먹었습니다. 그러는 편이 신비로움을 완성시키니까요.

그러나 단 한 사람, 박수를 치는 대신 미소만 짓고 있는 이가 있었습니다. 그 사람은 기메 부인이었습니다.

다음날 아침 나는 두 장의 초대장을 받았습니다. 그중 한 장은 러시아 상이용사들을 위한 기금 마련 자선 발레 공연에 출연해서 똑같은 공연을 해줄 수 있는지 묻는 키레옙스키라는 부인으로부터 온 것이었고, 또 한 장은 기메 부인이 센 강변에서 함께 산책을 하자고 보낸 것이었습니다.

당시는 아직 내 얼굴이 찍힌 우편엽서들로 신문 가판대가 뒤덮이기 전이었고, 내 이름을 붙인 담배, 시가, 보디로션이 나오지 않았을 때였습니다. 나는 여전히 무명이었지만 가장 중요한 첫발을 내디뎠다는 걸 알고 있었습니다. 그날 객석에 있던 사람들 모두가 매료되었고, 그것은 내게 있어 최고의 홍보가 될 것이었습니다.

"사람들이 무지해서 다행이군요." 그녀가 말했습니다. "당신이 보여준 건 그 어떤 동양 전통에도 해당되지 않으니까요. 당신은 밤이 깊어갈 때에 한 동작씩 만들어냈겠지요."

나는 얼어붙었고, 이제 기메 부인이 내가 그녀의 남편과 그렇고 그런 즐겁지 않은 하룻밤을 보냈다는 사실에 대해 말하리라고 생각했습니다.

"그 사실을 알 만한 사람들은 모든 걸 책에서 배운 지루하기 짝이 없는 인류학자들뿐이에요. 그 사람들이 그걸 폭로할 일은 없을 거예요." 그녀가 말했습니다.

"하지만 저는……"

"네. 당신이 자바 섬에 가본 적이 있고 그곳 현지의 관습을 알고, 아마도 당신 나라 장교의 부인이나 애인이었을 거라고 생각해요. 그리고 다른 젊은 여성들처럼 언젠가 파리에서 성공하고 싶었겠지요. 그래서 기회가 오자마자 도망쳐 여기로 온 거고요."

우리는 말없이 계속 걸었습니다. 나는 일생 동안 그랬던 것처럼 거짓말을 할 수 있었을 겁니다. 기메 부인이 분명하게 알고 있는 일을 제외한 나머지 모든 일에 대해 거짓말을 할 수도 있었을 거예요. 일단 기다리면서 대화가 어디로 가는지 지켜보는 편이 나을 것 같았습니다.

"몇 가지 충고의 말씀을 드리겠어요." 거대한 철탑으로 이어지는 다리를 건너기 시작했을 때 기메 부인이 입을 열었습니다.

나는 부인에게 앉자고 말했습니다. 많은 사람들 사이를 걸으면서 대화에 집중하기가 어려웠어요. 부인은 제안에 응했고 우리는 샹 드 마르스 공원의 벤치를 찾았습니다. 진지하게 열중한 듯 보이는 남자들 몇 명이 금속으로 만든 공을 던져 나뭇조각을 맞히려 애를 쓰고 있었습니다. 내 눈에는 터무니없어 보였지요.

"공연을 보러 왔던 친구들 몇 명과 이야기하다 알게 된 사실인데, 내일이면 언론에서 당신을 하늘까지 치켜세울 겁니다. 내가 아까 한 얘기는 걱정 마세요. 아무에게도 '동양 무용'에 대해 말하지 않을 거예요."

나는 듣고만 있었습니다. 아무런 변명도 할 수가 없었습니다.

"내 첫번째 조언은 아주 어려운 일이고, 당신의 공연과는 아무 상관이 없는 거예요. 절대로 사랑에 빠지지 말아요. 사랑은 독이에요. 한번 사랑에 빠지면 당신은 더이상 당신의 삶을 통제할 수 없게 돼요. 당신의 심장과 머리를 다른 사람이 차지해버리죠. 당신의 존재가 위협받아요. 사랑하는 사람을 지키기 위해 당신은 뭐든지 하고 위험을 감지하지 못하게 될 거예요. 사랑이라고 부르는, 설명할 수 없고 위험한 그 무엇은 땅 위에서 당신이라는 존재를 완전히 쓸어버리고, 대신 그 자리에 당신이 사랑하는 사람이 원하는 모습만 남겨두지요."

나는 그때 자신에게 총을 발사하기 직전 안드레아스 부인의 눈빛을 떠올렸습니다. 사랑은 범죄의 흔적도 남기지 않고 우리를 갑자기 앗아갑니다.

한 남자아이가 아이스크림을 사러 행상의 수레 쪽으로 걸어왔습니다. 기메 부인은 그 광경을 대화에 끌어들이며 두번째 조언을 했습니다.

"사람들은 인생이 그렇게까지 복잡하지 않다고 말하지요. 하지만 인생은 대단히 복잡한 겁니다. 단순한 건 아이스크림이나 인형을 원하는 것, 바보 같은 금속 공으로 나뭇조각을 맞히려고 애쓰며 땀흘리는 저 남자들, 집안의 가장으로서 책임이 클 저 남자들처럼 경기에서 이기기를 원하는 것이지요. 유명해지기를 원하는 건 간단하지만 명성을 한 달 혹은 일 년 이상 유지하는 것은 어려워요. 특히 그 명성이 육체와 관련되어 있을 때 더욱 그렇지요. 한 남자를 온 마음을 다해서 원하는 건 단순한 일이에요. 하지만 그 남자가 아이가 있는 유부남이고 세상 무엇과도 가족을 바꾸지 않을 사람이라면 모든 게 불가능해지고 복잡해집니다."

그녀는 한참 동안 말이 없었습니다. 그녀의 두 눈에 눈물이 맺혔고, 나는 그녀가 자신의 경험을 말하고 있다는 걸 알아차렸습니다.

이제 내가 말할 차례였어요. 나는 그렇다고, 내가 거짓말을 했다고 단숨에 털어놓았습니다. 네덜란드령 동인도에서 태어나지도 자라지도 않았다고, 하지만 나는 어쨌든 그곳을 잘 안다고, 독립적인 삶과 즐거운 일들을 찾아 그곳에 갔다가 외로움과 권태만 얻은 여인들의 고통에 대해 안다고 말했습니다. 기메 부인을 위로하고자 나는 안드레아스 부인이 그녀의 남편과 나눈 마지막 대화를 가능한 한 있는 그대로 옮기려고 노력했습니다. 하지만 기메 부인이 나에게 해준 모든 조언이 실은 부인 자신에 대한 이야기임을 알고 있다는 내색은 하지 않았습니다.

"세상 모든 것에는 두 가지 측면이 있어요. 사랑이라고 불리는 잔인한 신에게 버림받은 이들이 유죄인 이유는 그들이 과거를 바라보며 어째서 미래를 위해 그토록 수많은 계획을 세워두었는지 자문하기 때문이에요. 하지만 기억을 조금 더 멀리 더듬어본다면, 씨앗이 뿌려진 날을 기억하고 그 씨앗에 거름을 주고 마침내 뽑아낼 수 없는 나무가 되기까지 키워낸 시간을 떠올리게 될 겁니다."

본능적으로 나는 어머니가 돌아가시기 전에 나에게 준 씨앗 주머니 쪽으로 손을 가져갔습니다. 나는 그 주머니를 항상 지니고 다녔습니다.

"그러니까 남자든 여자든 사랑하는 사람에게 버림받으면 그들은 자신의 고통에만 집중합니다. 상대방에게는 무슨 일이 벌어지고 있는지 궁금해하는 사람은 없어요. 자신의 진짜 마음을 뒤로하고 사회의 시선 때문에 가족 곁에 남기로 한 선택에 그들 역시 고통스러워할까요? 매일 밤 침대에서 잠 못 들고 혼란스러워하고 절망하고, 가끔은 잘못된 결정을 내렸다고 생각하면서요. 또 어떤 순간에는 가족과 자녀들을 지키는 것이 그들의 의무라고 확신하기도 하겠지요. 하지만 시간은 그들의 편이 아닙니다. 이별한 그 순간에서 멀어질수록 힘들었던 시간들은 기억에서 사라지고 잃어버린 천국에 대한 그리움만 남습니다.

그는 더이상 자신을 추스를 수 없죠. 가족과 소원해진 사람이 되어 주중에는 일로 바쁘고 주말에는 샹 드 마르스 공원에 와서 친구들과 공을 던지고 노는 동안, 아들은 아이스크림을 사 먹고 아내는 그녀 앞을 지나가는 이들의 근사한 옷을 넋 놓고 쳐다보겠죠. 배가 방향을 바꿀 만큼 세찬 바람은 불어오지 않을 거예요. 그 배는 고요한 물 위에서만 위험을 감수하며, 항구에 머무

롭니다. 모두들 괴로워하죠. 떠난 이도 남은 이도 가족들도 자녀들도. 하지만 그 누구도 아무것도 할 수 없어요."

기메 부인은 공원 중앙에 새로 심은 잔디를 뚫어져라 바라보고 있었습니다. 그녀는 내 말을 그저 '참아주고' 있는 척했지만 나는 내가 그녀의 상처를 건드렸고 그 상처에서 다시 피가 흐르기 시작했다는 걸 알고 있었습니다. 얼마 후 그녀는 자리에서 일어나 돌아가자고 했습니다. 하인들이 이미 저녁을 준비하고 있을 거라면서요. 그리고 한창 이름이 알려지고 영향력이 커지고 있던 어느 화가 한 사람이 그의 친구들과 함께 박물관을 방문하기로 했고, 밤에는 그가 그의 화실에서 자신에게 그림 몇 점을 보여주고 싶어한다고요.

"물론 그분의 목적은 나에게 그림을 파는 거죠. 그리고 내 목적은, 너무 잘 아는 나머지 지겨워지기 시작한 세상 밖으로 나가 새롭고 다양한 사람들을 만나는 것이고요."

우리는 천천히 걸어갔습니다. 트로카데로 광장 방향으로 난 다리를 다시 건너기 전에 부인은 같이 가겠느냐고 내게 물었습니다. 나는 그러고 싶지만 야회복이 호텔에 있으며 지금 이 복장으로는 그 자리에 어울리지 않을 것 같다고 대답했습니다.

사실 나에게는, 여태껏 마주친 여인들이 입고 있던 '공원 산책용' 의상처럼 우아하고 아름다운 야회복이 없었습니다. 그리고 호텔이란 내가 두 달째 머무르고 있던 하숙집, 즉 내 '손님'들을 데려가도 되는 유일한 장소를 일컫는 은유적 표현이었습니다.

하지만 여자들은 말을 주고받지 않고도 서로 이해할 수 있습니다.

"원하신다면 오늘밤에 입을 드레스를 빌려드릴 수 있어요. 미처 못 입는 옷들이 많아요."

나는 미소 지으며 호의를 받아들였고 함께 그녀의 집으로 향했습니다.

삶이 우리를 어디로 데려갈지 모를 때는 길을 잃는 법도 없습니다.

"전에 말씀드렸던 화가분, 파블로 피카소 씨입니다." 기메 부인에게 서로 소개를 받고부터 그는 다른 손님들은 아랑곳없이 줄곧 나하고만 얘기하려 들었습니다. 그는 내 미모를 칭찬했고, 자신을 위해 모델이 되어달라면서, 단 일주일이라도 정신없는 파리를 떠나 자신과 함께 말라가*로 가자고 제안했습니다. 그의 목적은 단 하나, 나를 침대로 데려가는 것이었고 그건 굳이 말할 필요도 없었습니다.

못생기고 무례한데다 커다란 눈이 불거져나온, 세상의 잘난

* 스페인 남부 지중해 연안의 항구도시로 피카소의 고향이다.

이들 중에서도 자신이 가장 잘났다고 자부하는 그 남자가 나는 몹시도 부담스러웠습니다. 도리어 그의 친구들에게 관심이 갔어요. 그중 더 고상하고 우아해 보이는 아메데오 모딜리아니라는 이탈리아 사람이 있었는데, 그는 나와 대화를 이어가려고 노력했습니다. 피카소가 끝도 없고 이해도 안 가는, 예술 혁명에 대한 장광설을 마무리할 때마다 나는 모딜리아니를 향해 돌아섰고, 그 때문에 스페인 화가는 격분하는 것 같았습니다.

"무슨 일을 하시나요?" 모딜리아니가 물었습니다.

나는 자바 섬 토착 부족의 종교무용을 한다고 설명했습니다. 그는 그게 뭔지 잘 모르는 눈치였지만 예의를 차려 무용에서 시선의 중요성에 대해 말하기 시작했습니다. 그는 사람의 눈에 매료되어서 이따금 공연을 볼 때면 몸의 움직임보다는 눈빛이 전달하고자 하는 대사에 더 많이 집중하게 된다고 했습니다.

"자바의 종교무용에 대해 아무것도 모르지만 그 공연을 볼 때도 그렇게 되길 바랍니다. 저는 동양에서는 사람들이 몸을 전혀 움직이지 않은 채 표현하고자 하는 모든 것을 눈에만 집중할 수도 있다는 것 정도만 알고 있어요."

나는 그의 말에 뭐라고 대답해야 할지 몰라 해석에 따라 긍정으로도 부정으로도 보일 수 있는 모호한 몸짓으로 고개를 끄덕였습니다. 피카소는 계속해서 자기 이론을 들고 대화에 끼어들었지만, 세련되고 예의바른 모딜리아니는 차례를 기다렸다가 얘기하던 주제로 돌아올 줄 아는 사람이었습니다.

"충고 하나 해드려도 될까요?" 저녁식사가 다 끝나고 모두들 피카소의 스튜디오로 갈 채비를 하고 있을 때 그가 물었습니다. 나는 그러시라고 고갯짓으로 대답했습니다.

"자신이 무엇을 원하는지 알아내고 자신에게 기대하는 바 그 이상을 추구하십시오. 당신의 춤을 발전시키고 열심히 훈련하고 이루기 힘든 아주 높은 목표를 정하세요. 자신의 한계를 넘어서는 것이야말로 예술가의 의무니까요. 야망이 작아서 결국 그걸 이뤄낸 예술가는 인생에서 실패한 겁니다."

피카소의 스튜디오는 멀지 않았고 우리는 모두 걸어서 갔습니다. 그곳에 있는 어떤 것들은 눈부시게 황홀했고 또 어떤 것들은 그냥 싫었습니다. 하지만 인간이란 원래 그렇지 않은가요? 중간에 머물지 않고 극에서 극으로 치닫는 경향 말이에요. 나는 그를 자극하려고 그림 한 점 앞에 멈춰 서서는 왜 그토록 사물을 복잡하게 만들려고 고집하느냐고 물었습니다.

"내가 르네상스의 거장처럼 그리는 법을 배우는 데는 사 년이 걸렸는데, 어린아이처럼 그리기 위해서는 평생을 노력해야 해요. 어린아이의 그림, 거기에 진정한 비밀이 있습니다. 지금 보고 있는 그림이 어린아이의 시선 같을지 모르지만 그게 바로 예술에서 가장 중요한 것입니다."

그 답변이 무척 훌륭하게 들리긴 했지만 시간을 돌이켜 그에 대한 마음을 바꿀 수는 없었습니다. 그때 모딜리아니는 이미 돌아가버린 후였고 기메 부인은 꼿꼿하게 자세를 유지하고는 있었으나 눈에 띄게 피곤한 기색이었고 피카소는 애인 페르낭드의 질투 때문에 심기가 불편해 보였습니다.

시간이 너무 늦었다는 내 말에 우리는 각자 집으로 돌아갔습니다. 그후 두 번 다시 모딜리아니나 피카소를 만나지 못했습니다. 페르낭드가 피카소를 떠났다는 얘기를 전해 들었을 뿐 정확히 무엇 때문이었는지는 알 수 없었습니다. 몇 년 후 딱 한 번, 골동품 가게 판매원으로 일하는 그녀를 본 적 있습니다만, 그녀는 나를 알아보지 못했고 나도 그녀를 모르는 척했으며 그후로 다시 만난 적은 없습니다.

돌이켜보면 한없이 긴 시간인 것 같지만 실제로는 그리 오래 되지 않았던 그 시간 동안 나는 햇살만 보았고 폭풍우는 잊고 있었습니다. 장미의 아름다움에 매혹되었고 가시에는 주의를 기울이지 않았어요. 재판정에서 성의 없이 나를 변론한 변호사는 내 수많은 애인들 중 하나였습니다. 그러므로 에두아르 클뤼네 변호사님, 당신이 계획한 그대로 일이 풀려서 내가 처형 부대 앞에서 생을 마감할 경우에는 이 페이지를 찢어버려도 됩니다. 불행히도 나에게는 속마음을 털어놓을 사람이 더이상 아무도 없습니다. 내가 죽는 이유는 말도 안 되는 간첩 혐의 때문이 아니라 항상 꿈꿔온 인생을 살기로 결심했기 때문이고, 꿈에는 언제나 비싼 대가가 따르기 때문이라는 것을 우리 모두 알고 있습니다.

지난 세기말 이래로 스트립쇼는 항상 있어왔고 법적으로도 허용되었으나, 단지 육체를 드러내는 행위에 불과한 것으로 여겨졌습니다. 나는 그 망측한 구경거리를 예술로 승화시켰습니다. 스트립쇼가 금지되었을 때도 나는 공연을 계속할 수 있었어요. 그 공연은 법의 테두리 안에 있었고, 관객 앞에서 옷을 벗던 다른 여인들의 천박함과는 거리가 멀었기 때문이었지요. 내 공연을 보러 온 사람들 중에는 푸치니와 마스네 같은 작곡가들, 폰 클룬트와 안토니우 고베아 같은 외교관들, 로스차일드 남작이나 가스통 므니에 같은 대부호들이 있었습니다. 지금 이 글을 쓰는 동안에도, 나를 석방시키기 위해 그들이 애쓰지 않는다는 생각에 가슴이 아픕니다. 무고하게 기소되었던 드레퓌스 대위는 결국 '악마의 섬'에서 석방되지 않았던가요?

많은 이들이 주장할 겁니다. 그는 무죄였다고요! 그래요, 나도 무죄입니다. 뛰어난 무용가였음에도 불구하고 무용을 그만두기로 결심하고 나서 내 가치를 높이고자 스스로 명성을 부풀렸던 것 말고는 혐의를 입증할 구체적인 증거가 전혀 없습니다. 내가 훌륭한 무용가가 아니었다면 당대의 가장 유명한 예술인 에이전트로서 최고의 러시아 무용가들과 일한 아스트뤼크 씨와 함께할

자전거여행 1, 2

"줄을 치고 또 쳐도 마음을 흔드는 새로운 문장들이 넘쳐나는 게 김훈의 책입니다." _**박웅현**(『책은 도끼다』 저자)

몸과 마음과 풍경이 만나고 갈라서는 언저리에서 태어나는 김훈 산문의 향연!

자전거를 타고 저어갈 때, 세상의 길들은 몸속으로 흘러들어온다. (…) 흘러오고 흘러가는 길 위에서 몸은 한없이 열리고, 열린 몸이 다시 몸을 이끌고 나아간다. 구르는 바퀴 위에서, 몸은 낡은 시간의 몸이 아니고 현재의 몸이다. **_본문에서**

자전거여행 1, 2 | **김훈** 지음 • **이강빈** 사진
145×210 | 1권 262쪽, 2권 272쪽 | 각 15,000원

수 없었을 겁니다.

아스트뤼크 씨는 밀라노의 스칼라극장에서 나와 니진스키가 함께하는 무용 공연을 거의 성사시킬 뻔했습니다. 하지만 니진스키의 에이전트는, 니진스키의 애인이기도 했는데, 나를 까다롭고 신경질적이며 참아주기 힘든 성격의 사람이라고 여겼고, 즐기듯 미소 짓는 얼굴로, 내가 이탈리아 언론이나 극장 간부들의 도움 없이 혼자 힘으로 공연을 소개할 수밖에 없도록 만들었습니다. 그 일을 겪으면서 내 영혼의 일부가 죽어버렸습니다. 나는 내가 나이들어가고 있다는 것을, 얼마 안 가 지금 같은 유연함과 가벼움을 더이상 유지하지 못하게 되리라는 것을 잘 알고 있었습니다. 그리고 처음에는 나를 그토록 칭송했던 유력 신문들도 이제는 나에게서 점점 등을 돌렸습니다.

거기다 모방꾼들은 또 어떻고요? "마타 하리의 후계자" 같은 말들로 선전하는 포스터들이 사방에 등장했습니다. 그들은 아무런 예술성도 영감도 없이 기이한 방식으로 몸을 흔들고 옷을 벗을 뿐이었습니다.

아스트뤼크 씨를 탓할 순 없습니다. 이 시점에서 그가 바라는 건 오직 자신의 이름이 더이상 내 이름과 함께 오르내리지 않는 거겠지만요. 그는 러시아 상이용사들을 위한 기금 마련 자선 공연이 끝나고 며칠 후에 찾아왔습니다. 나는 어마어마하게 비싼 값에 관람권을 팔아서 올린 수익 전부가, 러시아가 일본군에게 참패를 당하고 있던 태평양 인근의 어느 전쟁터로 흘러가지는 않을까 정말로 심각하게 의심스러웠습니다. 그렇기는 했어도 기메 박물관에서의 공연 이후 나의 첫 공연이었고 모두들 결과에 만족했습니다. 덕분에 더 많은 사람들이 내 활동을 주목하게 되었고, 키레옙스키 부인은 두둑한 수익을 올렸으며 그 돈의 일부를 나에게 주었습니다. 상류층 인사들은 좋은 일에 기여한다는 자부심을 얻었고 그리고 모든 이들, 정말로 모든 이들이 아름다운 여인의 나체를 아무런 거북함 없이 구경할 수 있었습니다.

아스트뤼크는 높아진 내 명성에 걸맞은 격조 있는 호텔을 찾도록 도와줬고, 파리 전역에서 공연 계약을 성사시키며 당시 파리에서 가장 유명한 올랭피아 극장에서 공연할 수 있게 해줬습니다. 유대계 벨기에인 랍비의 아들인 아스트뤼크는, 당시에는 완전한 무명이었으나 오늘날 시대의 아이콘이 된 카루소와 루빈스타인 같은 이들에게 가진 자산을 모두 투자했습니다. 때맞춰 그는 내가 세상 구경을 하도록 데리고 다녔습니다. 그 사람 덕분에 나는 품행을 완전히 바꾸었고, 상상도 못했던 거금을 벌어들였으며, 파리의 주요 공연장의 무대에 섰고, 그리고 마침내 내가 세상에서 가장 경탄해왔던 패션을 사치스럽게 누릴 수 있게 되었습니다.

아스트뤼크가 상품의 가격을 물어보는 건 품위가 떨어지는 일이라고 말했기 때문에 나는 내가 돈을 얼마나 썼는지는 모르겠습니다.

"뭐든 마음에 드는 걸 골라서 호텔로 주문해요. 나머지는 내가 알아서 합니다."

이 글을 쓰고 있는 지금 문득 궁금해지는군요. 혹시 그가 돈의 일부를 가로챘을까요?

하지만 그런 식으로 생각할 수는 없습니다. 이런 응어리를 계속 마음에 둘 수는 없어요. 세상 모두에게 버림받는 건 있을 수 없는 일일 테니 바라는 대로 이곳에서 나간다면 곧 마흔한 살이 될 것이고 나는 여전히 행복해질 권리를 원하기 때문입니다. 살이 꽤 많이 쪘고 다시 춤을 추기는 어렵겠지만 세상에는 그 외에도 많은 것들이 있으니까요.

아스트뤼크에 대해서는, 전 재산을 걸고 극장을 세워서 개관 공연으로 당시 철저히 무명이었고 지금도 이름이 잘 기억나지 않는 러시아 작곡가의 〈봄의 제전〉이라는 음악에 맞춰, 내가 파리 첫 공연 때 선보인 자위 행위를 묘사한 안무를 그대로 모방한 멍청한 니진스키의 무용극을 올린 사람으로 기억하려 합니다.

바다를 못 본 지 너무 오래되었다며 함께 향수에 젖어든 바로 다음날, 나를 데리고 기차를 타고 노르망디 해안으로 갔던 사람으로 아스트뤼크를 기억하려 합니다. 함께 일한 지 거의 오 년이 되었을 무렵이었지요.

우리는 그날 바닷가에서 별말 없이 한동안 앉아 있었습니다. 나는 가방에서 신문을 꺼내 그에게 내밀었습니다.

'퇴폐적인 마타 하리: 과한 노출증과 모자란 재능'이 그 기사의 제목이었습니다.

"오늘 나온 거예요." 내가 말했습니다.

그가 기사를 읽는 동안 나는 자리에서 일어나 물가로 다가가 돌을 주웠습니다.

"당신 생각과는 반대로 나는 이제 진저리가 나요. 내 꿈에서 멀어졌고 내가 되리라고 상상했던 존재와 비슷하지도 않아요."

"무슨 소립니까?" 아스트뤼크가 놀라 물었습니다. "나는 제일 훌륭한 예술가들과만 일하고, 당신은 그중 한 명인데요! 더 나은 글이라고는 쓸 수 없는 어떤 인간의 고작 이런 기사 하나 때문에 정신이 나간 건가요?"

"아니에요. 하지만 이건 오랜만에 읽은 나에 대한 첫번째 글이에요. 난 공연계와 언론에서 빠르게 사라지고 있어요. 사람들은 나를 예술을 구실로 대중 앞에서 옷을 벗는 창녀로만 보고 있다고요."

아스트뤼크가 일어나서 내게로 다가왔습니다. 그도 땅에서 돌멩이 몇 개를 주워들고는 그중 하나를 저멀리 밀려오는 파도를 향해 던졌습니다.

"나는 창녀하고 일하지 않아요. 그랬다가는 내 경력은 끝장날 테니까요. 사실 내 계약자들 중 한두 명에게 왜 내 사무실에 마타 하리 포스터가 있는지 설명해야 한 적이 있습니다. 내가 뭐라고 했는지 알아요? 당신의 춤은 수메르 신화 중에서 이난나 여신이 금지된 세계로 가는 대목을 재연하는 거라고 했어요. 여신은 일곱 개의 문을 통과해야 하는데, 각 문마다 문지기가 있고 통행료를 대신해 옷을 하나씩 벗지요. 파리로 망명해서 외롭고 비참하게 삶을 마감한 한 위대한 영국인 작가가 언젠가 고전의 반열에 오를 희곡을 한 편 썼습니다. 헤롯 왕의 딸이 어떻게 세례요한의 목을 얻었는지 들려주는 이야기예요."

"「살로메」 말이군요! 그 희곡은 어디 있나요?"

내 기분이 나아지기 시작했습니다.

"저작권은 나한테 없어요. 무덤에 가서 귀신을 불러낼 수 없으니 원작자인 오스카 와일드를 만날 길도 없어요. 너무 늦었지요."

좌절과 비참함이, 그리고 이제 곧 보기 흉하게 늙고 가난해질 거라는 생각이 다시 몰려왔습니다. 나는 일종의 고비인 서른 살을 이미 넘어 있었습니다. 돌멩이 하나를 집어 아스트뤼크보다 더 세게 던졌습니다.

"돌멩이야, 내 과거를 싣고 멀리 가줘. 내 모든 부끄러움, 내 모든 잘못, 내가 저지른 실수들."

아스트뤼크 역시 돌멩이를 던지며 내가 아무런 잘못도 실수도 저지르지 않았다고 말해주었습니다. 단지 나만의 선택을 했을 뿐이라고. 나는 귀기울이지 않고 또다시 돌멩이 하나를 던졌습니다.

"그리고 이건 내 육체와 영혼이 견뎌낸 모멸감이에요. 끔찍했던 첫 경험부터 지금 나를 눈물짓게 만드는, 부유한 남자들과의 잠자리까지요. 그 모든 게 권력, 돈, 옷, 낡아버릴 것들 때문이에요. 나는 스스로 만들어낸 악몽에 고문당하고 있어요."

"그래서 당신은 행복하지 않다는 얘긴가요?" 더욱 놀라워하며 아스트뤼크가 물었습니다. 생각해보면 우리는 해변에서 즐거운 오후를 보내기로 했던 거였으니까요.

나는 점점 더 치솟는 분노를 담아 계속 돌멩이를 던졌고 그럴수록 나 자신에게 더욱더 놀랐습니다. 내일은 더이상 내일 같지 않았고 현재도 더이상 현재가 아니라 한 걸음 내디딜 때마다 더 깊이 빠져드는 수렁처럼 느껴졌습니다. 사람들은 이리저리 산책하고 있었고, 아이들은 뛰놀고, 갈매기떼는 기묘한 동작으로 하늘을 날고, 파도는 상상했던 것보다 고요하게 밀려오고 있었습니다.

"바로 그게 내가 아무에게도 신세진 바 없지만 인정받고 존중받기를 원하는 이유예요. 나는 그게 왜 필요할까요? 걱정과 후회와 어둠에 내 시간을 빼앗기고, 이 어둠의 노예가 되어 바위에 묶인 채 더이상 꼼짝도 못하고 새들의 먹이가 되고 말 텐데요."

나는 울 수 없었습니다. 돌멩이들은 하나씩 나란히 물 아래로 가라앉으면서 수면 아래 마르하레타 젤러의 모습을 다시 만들어내는 것 같았습니다. 하지만 나는 안드레아스 부인의 눈을 바라보고 모든 것을 알아차렸던 마르하레타로 되돌아가고 싶지 않았어요. 안드레아스 부인이 내게 정확히 이런 표현으로 말하지는 않았지만 그녀는, 우리 인생은 가장 사소한 부분까지 계획되어 있노라고, 태어나 공부하고 남편감을 찾기 위해 대학에 가고, 비록 세상에서 가장 형편없는 남자일지라도 아무도 나를 원하지 않는다고 다른 사람들이 말하지 못하도록 결혼을 하고, 아이들을 낳고 늙어가고, 거리의 벤치에 앉아 지나가는 사람들을 바라보며 인생에 대해 모든 것을 아는 척하지만 사실은 '너는 다른 삶을 살 수도 있었어'라고 말하는 마음의 목소리를 잠재우지 못한 채 생의 마지막 날들을 보내는 것이라고 했습니다.

갈매기 한 마리가 우리 곁으로 오더니 날카로운 울음소리를 내고는 다시 멀어졌습니다. 어찌나 가까이 왔던지 아스트뤼크는 팔을 들어 눈을 가렸습니다. 그 울음소리가 나를 현실로 데려왔습니다. 나는 미모에 자신 있는 유명한 여인으로 다시 돌아왔습니다.

"그만두고 싶어요. 이런 생활을 계속할 순 없어요. 내가 얼마나 더 오래 여배우나 무용가로 활동할 수 있을까요?"

그는 정직하게 대답했습니다.

"아마도 오 년쯤 더요."

"그럼 우리 여기서 그만둬요."

아스트뤼크가 내 손을 잡았습니다.

"그럴 수는 없어요! 이행할 계약들이 아직 남아 있고 계약을 파기한다면 위약금을 내야 합니다. 무엇보다도 앞으로의 생활을 위해서라도 돈이 필요하잖아요. 내가 처음 당신을 만난 그 지저

분한 하숙집에서 노후를 보내고 싶은 건 아니겠죠?"

"계약은 이행할 거예요. 나에게 잘해주셨는데 내 과대망상이나 자기비하 때문에 당신이 손해를 보게 하진 않을 거예요. 하지만 내 걱정은 하지 마세요. 어떻게 밥벌이를 계속할지는 알고 있어요."

그리고, 깊이 생각하지 않고, 전부 거짓말로 꾸며댔기 때문에 그때까지 혼자서만 간직해온 나의 삶에 대한 얘기를 그에게 털어놓기 시작했습니다. 말을 하면 할수록 눈물이 솟구치기 시작했습니다. 아스트뤼크가 내게 괜찮으냐고 물었지만 나는 계속 이야기했고, 그는 더이상 아무 말 없이 그 자리에 앉아 조용히 내 얘기를 들어줬습니다.

나는 내가 생각하던 사람이 전혀 아니었음을 마침내 인정하면 검은 수렁에 빠져들게 될 거라고 생각했는데, 그게 아니라 내 상처와 흉터를 마주하면서 도리어 내가 더욱 강해진다는 걸 문득 깨달았습니다. 눈물은 스스로의 목소리를 지녔고, 내 눈이 아닌 심장의 더욱 깊고 어두운 곳에서 흘러나오며 나 자신조차 제대로 몰랐던 이야기를 내게 들려주었습니다. 거기서 나는 작은 나룻배를 타고 어두컴컴한 바다를 떠돌고 있었지만, 거친 바다가 허락한다면, 너무 늦지 않았다면, 저멀리 수평선에서 결국 나를 안전한 땅으로 이끌어줄 등댓불을 볼 수 있을 터였습니다.

그것은 처음 겪는 일이었습니다. 만일 내 상처에 대해서 얘기한다면 그 상처들이 더욱 현실로 다가올 거라고 생각했는데 정반대의 일이 일어나고 있었습니다. 나는 눈물로 치유받고 있었습니다.

해변가의 자갈돌을 몇 번 주먹으로 내리쳐서 손에 피가 났지만 나는 치유되고 있었으므로 아픔을 전혀 느끼지 않았습니다. 신부도 그들처럼 똑같은 죄를 짓거나 때때로 더 큰 죄를 짓는 줄 알면서도 가톨릭 신자들이 고해성사를 받는 이유를 이해했습니다. 듣는 사람이 누구인지는 중요치 않았습니다. 태양에 정화되고 비에 씻기도록 상처를 열어 보이는 것이 중요했습니다. 그것이 내가 그때, 그동안 별로 친밀하지도 않았던 남자 앞에서 했던 일이었습니다. 그리고 그것이 내가 그토록 자유롭게 말할 수 있었던 진짜 이유였습니다.

한참 후에 내가 흐느낌을 멈추고 파도 소리에 마음을 진정시키고 있을 때, 아스트뤼크가 나를 부드럽게 감싸안으며 파리로 가는 마지막 열차가 곧 출발할 테니 서두르는 게 좋겠다고 말했습니다. 돌아오는 길에 아스트뤼크는 누가 누구랑 잠자리를 했고 누가 어떤 자리에서 밀려났는지 등등 예술계의 새로운 소식을 모두 들려줬습니다.

나는 웃음을 터뜨렸고 이야기를 더 해달라고 청했습니다. 그는 정말 현명하고 품위 있는 남자였습니다. 그는 내 눈물을 통해 흘러나온 모든 이야기가 모래 속에 묻혔으며 영원히 거기에 남아야 한다는 걸 알고 있었습니다.

"우리는 역사상 가장 위대한 시대에 살고 있습니다. 당신은 언제 여기로 오셨나요?"

"만국박람회가 열리던 때였어요. 그때는 지금의 파리와 달랐고 좀 시골 같았죠. 저야 세상의 중심에 있다고 생각했었지만요."

오후의 햇살이 엘리제 호텔의 가장 비싼 객실 창으로 들어오고 있었습니다. 우리는 샴페인, 압생트, 초콜릿, 치즈 그리고 갓 따온 신선한 꽃향기가 나는 향수 등 프랑스에서 생산되는 최고급 물건들에 둘러싸여 있었습니다. 창밖으로는 이제 건축가의 이름을 따 에펠이라는 이름이 붙은 거대한 탑이 보였습니다.

그 역시 그 거대한 철제 구조물을 쳐다보았습니다.

"저 탑은 원래 박람회가 끝난 뒤에도 저기 세워두려던 게 아니었지요. 저 흉물의 철거 계획이 하루빨리 진행되길 바랍니다."

나는 그가 의견을 더 개진하다가 결국에는 승리를 거두며 마무리지을 수 있도록 일부러 몇 차례 반대 의견을 제시해볼 수도 있었습니다. 하지만 그가 자국의 '벨 에포크'*에 대해 이야기하는 동안 나는 말없이 가만히 있었죠. 산업 생산은 세 배로 늘어났고, 이제 농업은 혼자서 열 사람 몫을 하는 기계의 힘을 빌리고 있었으며, 상점들은 손님들로 가득찼고 유행은 완전히 바뀌어서 나로서는 일 년에 적어도 두 번 옷장을 개비하러 쇼핑 갈 구실이 생긴 것이 아주 즐거웠습니다.

"음식맛도 더 좋아졌다는 걸 느꼈나요?"

물론 나도 느끼고 있었습니다. 살이 찌고 있던 터라 별로 달갑지는 않았지요.

"대통령께서 제게 말씀하시기를 지난 세기말에 37만 5천 대였던 자전거 수가 오늘날 300만 대로 증가했답니다. 집집마다 수도와 가스가 공급되고 사람들은 먼 곳으로 휴가를 떠날 수 있게 되었어요. 커피 소비가 네 배로 늘었고 사람들은 빵집 앞에 길게

* 19세기 말부터 1차세계대전 발발 이전까지 문화·예술이 번성했던 화려한 시대.

줄을 서지 않고도 빵을 살 수 있게 됐어요."

그 사람은 왜 나한테 그런 강의를 늘어놓았던 걸까요? 이제 하품을 하고 '멍청한 여자' 역할로 돌아올 시간이었습니다.

전 국방부 장관이며 현 국회의원인 아돌프 메시미는 침대에서 일어나 메달과 훈장이 주렁주렁 달린 옷을 입기 시작했습니다. 예전 부대원들과 모임이 있었으므로 그날은 평상복으로 외출할 수가 없었습니다.

"영국인들을 싫어하지만 적어도 한 가지 면에서는 그 사람들이 옳아요. 그 끔찍한 고동색 제복을 입고 전쟁에 나서는 건 훨씬 신중한 행동이지. 반면 우리는 죽을 때도 기품이 있어야 한다고 생각하지요. 이 붉은색 바지와 군모를 걸치고 적들에게 이렇게 외치면서 말이에요. '이봐, 너희의 총과 대포로 여기를 쏘라고, 여기 안 보여?'"

그는 자기 농담에 자기가 웃어댔고 나도 기분을 맞춰주느라 같이 웃으며 옷을 입기 시작했습니다. 내 모습 그대로 사랑받으리라는 환상은 잃은 지 오래였고, 이제 나는 내 자아와 가짜 정체성을 살찌우는 꽃과 아부와 돈을 아무 문제 없이 받아들이고 있었습니다. 사랑을 모르는 채로 살다가 언젠가 무덤에 가게 될 것이 확실했지만 그게 무슨 상관인가요? 당시 나에겐 사랑과 권력은 같은 것이었습니다.

하지만 다른 이들이 그 사실을 눈치채게 할 만큼 멍청하지는 않았습니다. 나는 메시미에게 다가가, 내 불운했던 남편처럼 얼굴 절반이 콧수염으로 뒤덮인 그의 볼에 소리나게 입을 맞췄습니다.

그는 천 프랑짜리 지폐가 빼곡히 들어찬 두툼한 봉투 하나를 탁자 위에 놓았습니다.

"오해는 말아요, 마드무아젤. 국가의 발전에 대해서 말하고 있던 차에 소비에 기여할 시간이라는 생각이 들었어요. 나는 많이 벌고 적게 쓰는 공무원이에요. 그러니 소비 진작을 위해 조금은 기여할 필요가 있지요."

그는 또 한번 자기 농담에 자기가 웃었는데, 그건 내가 그의 수두룩한 메달과, 만날 때마다 반드시 언급하는 대통령과의 친분에 반했다고 진심으로 믿었기 때문이었습니다.

만일 모든 것이 가짜고 나에게 사랑은 어떠한 규칙도 따르지 않는다는 걸 알게 된다면 그는 아마도 나를 즉시 떠나서 후에 내게 보복할 것이었습니다. 그가 나를 만난 이유는 단지 섹스 때문만이 아니라, 사랑받는다고 느끼고 싶어서, 여자의 애정이 남자에게 모든 걸 이룰 수 있을 것 같은 감정을 불러일으키기 때문이었습니다.

그래요, 사랑과 권력은 같은 것이고 나에게만 그런 것도 아니었습니다.

그가 나간 후에 나는 천천히 옷을 마저 입었습니다. 다음 약속은 파리 시외에서 밤늦게 있었습니다. 호텔에 들러 가장 좋은 옷으로 갈아입고 가장 충실한 애인이 내 이름으로 별장을 사놓은 뇌이로 향할 예정이었습니다. 운전기사가 딸린 차 한 대도 달라고 청할까 생각했지만 의심을 살 것 같았습니다.

물론 나는 그에게 더 많은 걸 요구할 수도 있었습니다. 그는 기혼남이었고 어마어마하게 유명한 은행가여서 내가 어떤 말로든 우리 사이를 공공연히 암시한다면 언론에서는 내가 그토록 힘겹게 이루어낸 오랜 활동은 완전히 잊고 오로지 내 '유명 인사 애인들'에게만 관심을 쏟으며 신나게 떠들었을 겁니다.

나는 내 재판이 진행되는 동안, 그날 누군가가 호텔 로비에서 신문을 읽는 척하면서 사실은 내 행동 하나하나를 관찰하고 있었다는 말을 들었습니다. 내가 호텔을 나서자 그는 자리에서 일어나 조심스럽게 나를 따라왔던 거였습니다.

세상에서 가장 아름다운 도시의 가로숫길을 지나고, 북적이는 카페들과 갈수록 더 잘 차려입고 이리저리 거니는 사람들을 마주하고, 아주 세련된 장소의 창문과 문틈에서 흘러나오는 바이올린 선율을 들으면서, 따지고 보면 인생이 나에게 관대했다는 생각이 들었습니다. 누군가를 협박하여 금품을 우려낼 필요 없이 타고난 재능을 이용할 줄 아는 것만으로도 살아가기에 충분했고, 평화로운 노후를 보낼 터였습니다. 게다가 함께 잠자리를 한 남자들 중 한 사람의 이름이라도 대면 나머지 다른 남자들 모두 자기들 역시 공갈 협박을 받고 폭로당할까봐 두려워 당장에 내 곁에서 도망갈 터였습니다.

나는 내 은행가 친구가 '노후'를 위해 지어놓은 저택으로 갈 계획이었습니다. 딱하게도 그 남자는 이미 노인이었음에도 그 사실을 인정하기 싫어했죠. 나는 거기서 이틀이나 사흘 정도 머물며 승마를 하고, 일요일에는 파리로 돌아와 바로 롱샹 승마장으로 가서 나를 시샘하는 이들과 경탄하는 이들에게 내가 얼마나 말을 잘 타는지 보여줄 작정이었어요.

하지만 해질녘에 캐모마일 차를 한 잔 마시는 것도 나쁘지 않잖아요? 나는 어느 카페 테라스에 자리를 잡았고 사람들의 시선을 받았습니다. 그 시절 내 얼굴과 전신이 찍힌 사진이 시내 곳곳에서 파는 우편엽서에 나와 있었거든요. 나는 무언가 대단히 중요한 일이 있는 사람인 양 상념에 빠진 척했습니다.

미처 차를 주문하기도 전에 한 남자가 다가와서 나의 미모를 칭찬했습니다. 늘 듣는 말이라 지겹다는 기색을 보이며 형식적인 미소로 감사를 표시하고는 곧 고개를 돌렸습니다. 하지만 남자는 자리를 뜨지 않았습니다.

"맛있는 커피 한 잔이 당신의 남은 하루에 도움이 될 겁니다."

나는 아무 대답도 하지 않았습니다. 그는 손동작으로 웨이터를 불러 내 주문을 받게 했습니다.

"캐모마일 한 잔이요." 내가 웨이터에게 말했습니다.

그 남자의 프랑스어에는 네덜란드 혹은 독일 사람의 억양이 실려 있었습니다.

남자는 미소를 지어 보였고, 마치 작별 인사를 하려는 듯 모자챙에 손을 가져다댔는데, 사실은 초면 인사를 건넨 것이었습니다. 그는 실례가 되지 않는다면 잠시 동석해도 괜찮을지 내게 물어왔습니다. 나는 싫다고, 실은 혼자 있고 싶다고 대답했습니다.

"마타 하리 같은 여성은 결코 혼자 있지 않습니다." 남자가 말했습니다. 그가 나를 알아본다는 사실은 어느 인간의 내면에서든 무척 요란하게 울리게 마련인 허영심이라는 감정을 자극했습니다. 그렇긴 하지만 그때까지도 나는 그 남자에게 앉으라고 권하지 않았어요.

"어쩌면 당신은 아직 만나지 못한 뭔가를 찾고 있는 건지도 모릅니다." 그가 말했습니다. "최근에 어느 잡지에서 읽은 것처럼, 당신이 도시 전체에서 가장 옷을 잘 입는 여성으로 알려진 이후 이제 당신의 이름을 더 알릴 만한 것이 거의 남아 있지 않기 때문입니다. 그렇지 않나요? 그러면 갑자기 삶이 완전히 권태로워지죠."

보아하니 그는 나의 열렬한 팬이었습니다. 나는 생각했습니다. 여성지에 실린 일들을 어떻게 안단 말인가? 한번 기회를 줘볼까? 어쨌든 은행가와 저녁식사를 하러 뇌이에 가기에는 아직 이른 시간이었으니까요.

"새로운 것들을 찾는 일은 잘되고 있나요?" 그는 포기하지 않았습니다.

"그럼요. 매 순간 새롭게 나 자신을 발견해요. 인생에서 가장 흥미로운 일이죠."

그는 이번에는 승낙을 구하지 않았습니다. 그냥 의자를 끌어와 내 탁자 옆에 앉았고, 웨이터가 차를 내오자 자기 몫으로 커피를 큰 잔으로 하나 주문하더니 "계산은 내가 하겠소" 하고 말하는 듯한 신호를 보냈습니다.

"프랑스는 위기를 향해 가고 있어요." 그가 이어 말했습니다.

"그리고 거기서 빠져나오기 매우 힘들 겁니다."

그날 오후 나는 정확히 그와 반대되는 이야기를 들었는데 말이지요. 하지만 남자라면 으레 경제에 대해 저마다 한마디씩 하는 것 같았습니다. 나에게는 아무런 흥미도 없는 주제인데요.

그 사람의 게임에 조금 어울려주기로 했습니다. 나는 그날 메시미가 '벨 에포크'에 대해 말한 모든 걸 앵무새처럼 읊었습니다. 그는 전혀 놀라지 않았습니다.

"저는 경제적인 위기에 대해서만 하는 말이 아닙니다. 인간의 위기, 가치의 위기를 말하는 거죠. 미국인들이 파리 만국박람회에 들여와서 지금은 유럽 곳곳에 퍼진 그 발명품 덕분에, 사람들이 이제 먼 거리에서 대화를 할 수 있는 데에 이미 익숙해졌다고 생각하십니까?

수백만 년 동안 인간은 항상 눈으로 볼 수 있는 상대와 대화했어요. 그런데 갑자기 겨우 십 년 사이에 '본다'와 '말한다'가 분리되었습니다. 우리는 이 일에 익숙해졌다고 여기고, 그것이 우리의 반사신경에 일으킨 거대한 충격은 알아차리지 못합니다. 우리의 육체는 아직 적응하지 못하고 있어요.

그로 인한 실제 결과는 말이죠, 우리가 전화기에 대고 이야기할 때 어떤 마술적 황홀경과 아주 흡사한 경지에 들어간다는 겁니다. 우리 자신에 대한 새로운 사실들을 발견하는 거죠."

웨이터가 계산서를 가지고 왔습니다. 남자는 말을 멈추고 웨이터가 멀어질 때까지 기다렸습니다.

"저속한 스트립쇼나 하는 무희가 위대한 마타 하리의 계승자라고 떠들어대는 모습을 길모퉁이를 지날 때마다 보는 일에 당신이 지쳤다는 걸 알고 있습니다. 하지만 인생이란 그런 거죠. 아무도 배우질 못해요. 그리스 철학자들이 말하기를…… 제 얘기가 지루하십니까, 마드무아젤?"

나는 그렇지 않다고 고갯짓을 했고 그는 이야기를 계속했습니다.

"그리스 철학자들의 이야기는 그냥 넘어갑시다. 그들이 수천 년 전에 한 이야기는 오늘날 벌어지는 일들에 여전히 적용됩니다. 그러니 새삼스러울 것도 없죠. 사실 저는 당신에게 제안을 하나 하고 싶습니다."

'한 명 더 생겼군.' 나는 생각했습니다.

"이제 여기서는 당신이 마땅한 만큼의 존중을 못 받고 계시니, 당신의 이름이 금세기 최고의 무용가로 알려진 다른 곳에서 무대에 서는 건 어떨까요? 제 고향 베를린 말입니다."

귀가 솔깃해지는 제안이었습니다.

"제 에이전트가 선생님께 연락드리도록 할……"

그런데 남자는 내 말을 끊었습니다.

"당신과 직접 이 문제를 의논하고 싶습니다. 당신의 에이전트는 우리 독일인도 프랑스인도 별로 높이 평가하지 않는 민족이라서요."

어떤 사람들을 그들의 종교 때문에 싫어하는 건 이상했습니다. 나는 유대인들에 대한 사람들의 그런 태도를 보아왔어요. 그리고 그전에 자바 섬에 있을 때, 군대가 자행한 학살에 대해서도 들어본 적이 있습니다. 단지 얼굴 없는 신을 경배하고, 지금은 이름이 기억나지 않는 어느 예언자가 천사의 계시를 받아 적어 그들의 경전이 만들어졌다는 교리를 믿는다는 게 이유였습니다. 한번은 누군가가 내게 코란이라고 불리는 그 경전 한 부를 그저 아랍어 서체를 감상해보라며 준 적이 있습니다. 그런데 집에 온 남편이 그 선물을 집어들더니 나더러 불태워버리라고 했지요.

"나와 동업자들이 상당한 돈을 지불할 겁니다." 그는 덧붙여 꽤 흥미로운 액수를 말했습니다.

나는 프랑화로 그게 얼마인지 물었고 대답을 듣고는 입이 딱 벌어지게 놀랐습니다. 즉시 수락하고 싶었지만 수준 있는 여자는 충동적으로 행동하지 않는 법이지요.

"그곳에서 당신은 정당한 대접을 받을 겁니다. 파리는 여기서 활동하는 이들에게 언제나 불공평한 곳이에요. 특히 그들이 더 이상 참신한 대상이 아닐 경우에는요."

그는 자신이 하는 말이 나에게 상처를 주고 있다는 걸 몰랐습니다. 나는 그날 걸으면서 내내 바로 그 점에 대해 생각하고 있었으니까요. 나는 이 공연 계약을 맡아줄 수 없게 된 아스트뤼크와 함께 해변에 갔던 날을 떠올렸습니다. 하지만 내 손안에 들어온 사냥감이 놀라 달아나게 할 순 없었습니다.

"생각해보겠어요." 나는 무미건조하게 대답했습니다.

우리는 인사를 나눈 뒤 헤어졌고, 그는 자기 나라로 돌아가야 하는 다음날까지 대답을 기다리겠노라며 자신이 묵는 곳을 말해줬습니다. 나는 카페에서 나오자마자 곧장 아스트뤼크의 사무실로 향했습니다. 고백하자면 이제 막 유명해지기 시작한 이들의 그 모든 선전 포스터를 보는 게 너무나 슬펐습니다. 하지만 시간을 되돌릴 수는 없었습니다.

아스트뤼크는 언제나처럼 내가 그의 가장 중요한 예술가인 양 정중하게 나를 맞아줬습니다. 나는 그날 있었던 대화 내용을 전했고, 어떤 식으로 일이 진행되든 간에 그에게 중개비는 챙겨주겠다고 말했습니다.

그의 질문은 하나였습니다.

"그런데 지금요?"

나는 잘 이해가 가지 않았습니다. 그가 나를 슬며시 무례하게 대하는 게 아닌가 생각했습니다.

"네, 지금요. 나에겐 아직 무대에서 보여줄 것이 많이 있어요. 그것도 아주 많이."

그는 고개를 끄덕였고 나의 행운을 빌어주며 중개비는 필요 없다고 말했습니다. 어쩌면 이제는 돈을 절약하고 옷에 그렇게 많이 지출하지 말아야 할 때인지도 모른다면서요.

나는 그 말에 동의하고 사무실을 나왔습니다. 그의 극장 개관 공연이 실패해서 그가 아직 제정신이 아닌 모양이라고 생각했습니다. 그는 분명 파산 직전이었을 겁니다. 〈봄의 제전〉 같은 작품을 무대에 올리고 니진스키 같은 모방꾼을 주역으로 기용했으니, 역풍이 불어와서 잘 만들어놓은 배를 부숴달라고 비는 거나 마찬가지였지요.

다음날 나는 그 외국인에게 연락해 제안을 받아들이겠다고 했습니다. 단, 그전에 몇 가지 요구 사항을 제시했습니다. 내가 생각해도 너무 터무니없는 것들이라 그가 들어주지 않는다면 그냥 포기할 작정이었습니다. 하지만 놀랍게도 그는 나더러 유별난 사람이라고 했을 뿐 진짜 예술가들은 그런 거라면서 모든 조건에 동의했습니다.

자신에게 어떤 운명이 닥쳐올지도 모르는 채, 그저 모국어와 언어가 비슷한 나라이니 그곳에서 절대 길을 잃지 않으리라는 믿음으로, 어느 비 오는 날 도시의 수많은 기차역 중 한 곳에서 길을 떠난 마타 하리는 누구였을까요?

내 나이가 몇이었죠? 스물? 스물하나? 분명 스물두 살 이상은 될 수 없었는데, 지참한 여권에는 1876년 8월 7일 출생이라고 쓰여 있었고, 베를린으로 향하는 기차 안에서 본 신문 날짜는 1914년 7월 11일이었습니다. 그러나 나는 수를 따지고 싶지 않았어요. 다만 보름 전에 일어난 일에 더 관심이 있었습니다. 사라예보에서 발생한 잔인한 피습 사건으로 페르디난트 황태자와,

죄라고는 어느 미친 무정부주의자가 총을 쐈을 때 남편 옆에 있었을 뿐인 우아한 황태자비가 목숨을 잃었습니다.

어쨌든 나는 그 열차 칸 안에 있던 다른 모든 여자들과는 완벽히 다르다고 느꼈습니다. 나는 사람들의 빈곤한 영혼으로 인해 황폐해진 땅을 가로지르는 이국의 새였습니다. 나는 미지의 세계가 두려워서 성장을 거부한 오리들 사이의 한 마리 백조였습니다. 나는 주변에 앉은 부부를 바라보았고 철저하게 무방비 상태가 된 것 같았습니다. 수많은 남자들이 내 곁에 머물렀었지만 그곳에서 나는 내 손을 잡아줄 사람 없이 혼자였습니다. 청혼을 여러 번 거절한 것은 사실입니다. 이미 이번 삶에서 충분히 경험한 그런 일을 다시 반복하고 싶지 않았습니다. 자격도 없는 인간 때문에 고통받고, 소위 가정이 주는 안도감이라고 부르는 것을 얻고자 내 몸을 헐값에 파는 일 말입니다.

내 곁에 앉은 남자 프란츠 올라프는 창밖을 바라보고 있었고 근심 어린 얼굴이었습니다. 무슨 일이냐고 내가 물었지만 그는 대답하지 않았어요. 이제 나는 그의 관리 아래 있었으니 더이상 대답할 필요가 없었겠지요. 내가 해야 할 일은 비록 예전처럼 유연하지는 못할지라도 춤추고 또 춤추는 것뿐이었습니다. 하지만 조금만 연습을 하면, 특히 그동안 승마를 열심히 해온 덕에 금세

첫무대에 설 준비가 갖춰질 터였습니다. 난 이미 프랑스에는 관심이 없었습니다. 프랑스는 내게서 단물을 빼먹고 나를 내쳤으며, 내가 처음 그곳에 갔을 때 부리던 재주를 똑같이 따라 하는 러시아 예술가들, 또는 아마도 포르투갈이나 노르웨이, 스페인 같은 다른 나라에서 태어났을 이들을 더 애호했습니다. 저마다 자기 나라에서 배운 이국적인 무언가를 선보이기만 해도 새로운 것에 사족을 못 쓰는 프랑스인들은 바로 믿어버리고 마니까요.

아주 잠깐에 불과하지만.

기차가 독일 영토로 들어서면서 서부 국경으로 이동중인 군대가 보였습니다. 더 많은 부대가 뒤이었고 말들이 무시무시하게 큰 기관포들과 대포들을 끌고 있었습니다.

나는 다시 한번 말을 건넸습니다.

"무슨 일이 일어나고 있는 거죠?"

하지만 그에게서 수수께끼 같은 대답만 돌아왔습니다.

"무슨 일이 일어나든 간에 우리가 당신의 도움을 받을 수 있을지 알고 싶습니다. 이 시기에 예술가들의 역할은 무척 중요하거든요."

그가 하는 이야기가 전쟁에 관한 것일 리 없었습니다. 아직 전쟁에 관해서 발표된 건 아무것도 없었고 프랑스 신문들은 살롱에 떠도는 최신 가십이나 얼마 전 정부 훈장을 박탈당한 요리사에 대한 불만에 더 관심이 많았으니 말입니다. 한 나라가 다른 나라를 증오하고 있었지만 그거야 으레 있는 일이었습니다.

한 나라가 강대국이 되면 항상 지불해야 할 대가가 따릅니다. 영국은 해가 지지 않는 제국이었지만 누구에게든 런던과 파리 중에 어느 곳으로 여행하고 싶은지 물어보세요. 의심의 여지 없이 대답은 센 강이 가로지르고, 대성당과 옷가게, 극장, 화가, 음악가 들이 있는 도시, 더 대담한 사람들을 위해서는 폴리베르제르, 물랭루주, 리도 등 세계적으로 유명한 공연장들이 있는 바로 그 도시일 겁니다.

무엇이 더 가치 있느냐고 물어보기만 하면 됩니다. 따분하게 생긴 시계탑과 절대로 대중 앞에 나타나지 않는 왕인지, 아니면 건축가의 이름을 따서 에펠탑이라고 이름 붙인, 유럽 전역에 알려지기 시작한 세계에서 가장 높은 탑과 기념비적 건축물인 개선문과 돈으로 살 수 있는 것 중 최고의 상품들을 내놓는 샹젤리제 거리인지.

영국 또한 온 힘을 다해 프랑스를 증오했지만 그것 때문에 전함을 만드는 건 아니었습니다.

하지만 기차가 독일 영토를 가로질러갈수록 점점 더 많은 독일 군대들이 서쪽으로 이동하는 것이 보였습니다. 다시 한번 프란츠에게 질문했고 또다시 수수께끼 같은 똑같은 대답을 들었습니다.

"저는 도울 준비가 돼 있어요." 나는 말했습니다. "하지만 무슨 일인지 모른다면 제가 어떻게 도울 수 있나요?"

처음으로 그가 창문에 기대고 있던 머리를 돌려 나를 바라봤습니다.

"저도 아무것도 모릅니다. 당신을 베를린으로 모셔와서 상류층 앞에서 무용 공연을 하게 하고, 정확한 날짜는 모르지만 언젠가 외교부에 데리고 가기로 계약했어요. 그곳에 있는 당신 팬이, 제가 만나본 예술가들 가운데 유별나기로는 손꼽히는 당신과의 계약을 위해 많은 돈을 제게 지불했습니다. 저는 제가 투자한 만큼 돌려받을 수 있기를 바랍니다."

내 인생의 한 장章을 마무리짓기 전에 말이죠, 친애하고 증오하는 클뤼네 변호사님, 나 자신에 대한 이야기를 조금 더 해보려고 합니다. 왜냐하면 바로 그 목적으로 이 글을 쓰기 시작했으니까요. 쓰다보니 일기가 되었고 그중에 많은 부분은 기억이 잘못되었을 수도 있는 이 글을요.

변호사님께서는 정말, 진심으로 저들이 누군가를 독일이나 프랑스, 심지어 러시아 스파이로 뽑는다면 하필 일반 대중에게 끊임없이 주목받는 사람을 선택했을 거라고 생각하십니까? 그건 정말 너무나도 터무니없지 않습니까?

베를린으로 향하는 기차에 올랐을 때 나는 과거를 두고 떠난다고 생각했습니다. 매 킬로미터를 달려갈 때마다 나는 내가 살아온 모든 순간으로부터 멀어지고 있었고, 심지어 무대 위와 무대 밖에서 내가 무엇을 할 수 있는지를 발견했던 순간이나 나에게 신선한 충격을 안긴 파리의 모든 거리와 모든 파티의 순간들 같은 좋았던 기억들로부터도 멀어지고 있었습니다. 이제 나는 이해합니다. 나 자신으로부터 도망칠 수 없다는 걸. 1914년에는 네덜란드로 돌아가는 대신 내 영혼에 아직 남아 있는 무언가를 돌봐줄 누군가를 만나고, 다시 한번 이름을 바꾸고, 내 얼굴이 알려지지 않은 세상 수많은 곳 중 어딘가로 가서 완전히 다시 시작하는 편이 훨씬 쉬웠을 것입니다.

하지만 그것은 남은 인생이 둘로 나뉘게 된다는 것을 의미했습니다. 무엇이든 될 수 있는 여자와, 아무도 아니었고 자식들과 손자들에게 들려줄 아무런 이야기조차 없는 여자. 내가 감옥에 갇힌 이 순간에도 내 영혼은 여전히 자유롭습니다. 영원히 끝나지 않는 전투에서, 누가 살아남을지 알 수 없는, 모두가 뒤엉킨 엄청난 피바다 속에서 나는 더이상 싸울 필요가 없고, 한 번도 본 적 없는 사람들이 그저 내가 누구인지 결정하기를 기다리기만 하면 됩니다. 만일 그들이 내가 유죄라고 판결한다면, 언젠가 진실이 표면에 드러날 것이고 수치심의 장막이 그들과 그들의 자녀들과 손자들, 그리고 이 나라의 머리 위에 드리울 것입니다.

진심으로, 대통령은 명예로운 분일 거라고 믿습니다.

내가 모든 걸 가졌을 때 항상 다정했고 나를 돕고자 했던 친구들이, 나에게 아무것도 남은 게 없는 지금도 변함없이 곁에 있어 주리라고 믿습니다. 아침이 막 밝았고 지저귀는 새 소리와 아래층 취사장에서 나는 소리가 들려옵니다. 두려워하기도 하고 자신의 불운에 체념하기도 하던 다른 죄수들은 잠들어 있습니다. 나는 첫 햇살이 비쳤을 때 잠에서 깼습니다. 그리고 그 햇살은, 비록 내 감방 안에 들어온 것이 아니라 단지 여기서 내가 볼 수 있는 조그만 하늘에 어린 기운이었을 뿐일지라도, 나에게 정의에 대한 희망을 가져다줬습니다.

인생은 왜 나로 하여금 그토록 짧은 시간에 그토록 많은 일을 겪게 했는지 모르겠습니다.

내가 힘든 순간들을 견딜 수 있는지 보기 위하여.

나는 무엇으로 이루어졌는지 알기 위하여.

내가 무언가를 경험하도록 하기 위하여.

하지만 그러기 위해 다른 방법, 다른 길이 있었을 것입니다. 영혼의 어둠 속에 빠뜨리거나 나를 인도할 단 하나의 손길도 없이 늑대들과 다른 맹수들이 우글거리는 숲속을 걸어가게 할 필요는 없었을 것입니다.

내가 유일하게 알고 있는 것은, 아무리 공포스럽다 해도 이 숲에는 끝이 있다는 것이고, 나는 저편에 다다르려 한다는 것이지요. 승리가 왔을 때 나는 관대할 것이고 나에 대해 온갖 거짓말을 한 이들을 비난하지 않을 것입니다.

복도에서 발소리가 들리고 아침식사가 오기 전에, 지금 내가 무엇을 하려는지 아세요? 나는 춤을 출 것입니다. 음정 하나하나를 기억하며 리듬에 맞춰 몸을 움직일 겁니다. 그것이 내가 누구인지 스스로에게 보여줄 테니까요. 나라는 자유로운 여성을!

자유야말로 내가 항상 찾아온 것이니까요. 사랑을 찾은 적은 없었습니다. 비록 사랑이 내게 왔다가 떠나갔고, 사랑 때문에 나는 하지 말아야 할 일들을 했고, 나를 추적하는 자들이 있는 곳으로 갔지만요.

하지만 나 자신의 이야기를 서두르고 싶지는 않습니다. 내가 베를린에 도착한 그날 아침부터 인생은 너무 빨리 흘러갔고, 나는 그 속도에 보조를 맞추기가 힘이 듭니다.

극장은 포위되었고 공연은 중단되었습니다. 연습을 하지 못한 채 오랜 시간이 흐른 터라 할 수 있는 한 최선을 다해 고도의 집중력을 발휘하던 바로 그 순간이었습니다. 독일 군인들이 무대에 올라와서는 그날부터 다음 지시가 내려올 때까지 모든 공연장의 공연이 예외 없이 취소된다고 말했습니다.

그중 한 명이 큰 목소리로 포고령을 읽었습니다.

"다음은 우리 황제 폐하의 말씀입니다. '조국은 적들에게 둘러싸여 있고 우리는 조국의 역사상 가장 어두운 시기를 겪고 있습니다. 우리는 칼을 뽑아들어야 합니다. 그 칼을 위엄 있게 잘 사용할 수 있길 바랍니다.'"

아무것도 이해되지 않았습니다. 대기실로 가서 입고 있던 노출이 심한 무대의상 위에 서둘러 가운을 걸치려던 찰나, 프란츠가 숨을 헐떡이며 들어왔습니다.

"떠나야 합니다. 안 그러면 체포될 거예요."

"떠나요? 어디로요? 그런데 모레 아침에 독일 외교부의 누군가와 만나기로 약속이 돼 있지 않았나요?"

"다 취소됐어요." 그는 수심이 가득한 얼굴로 말했습니다. "당신은 중립국 국민이라 다행이에요. 당장 당신 나라로 가야 합니다."

모든 경우의 수를 생각해왔지만, 떠나오기 위해 그 모든 대가를 치러야 했던 그곳으로 되돌아갈 생각은 단 한 번도 해본 적이 없었습니다.

프란츠는 주머니에서 마르크화 뭉치를 꺼내 내 손에 쥐여줬습니다.

"메트로폴 극장과 맺은 육 개월간의 계약은 잊어버려요. 내가 모을 수 있는 돈은 극장 금고 안에 있던 이 돈이 전부예요. 당장 떠나세요. 내가 무사히 살아남으면 당신 의상들은 나중에 보내드리겠습니다. 당신과는 달리 나는 지금 막 군대에서 소환장을 받았거든요."

갈수록 이해 불가였습니다.

"세상이 미쳐버렸어요." 그가 대기실을 서성거리며 말했습니다. "가까운 친척이 죽임을 당했다고 해도 그것이 사람들을 죽음으로 내몰 정당한 이유가 될 순 없어요. 하지만 군인들이 세상을 지배하고 있고, 그들은 사십여 년 전 프랑스가 수치스럽게 패했을 때 끝장을 보지 못한 일을 계속하고 싶어해요. 그들은 아직도 그 시대에 살고 있다고 착각하면서 언젠가 프랑스가 굴욕을 되갚으리라고 단정지었어요. 그들은 프랑스의 힘이 더 커지는 것을 막으려 하는데, 날이 갈수록 프랑스가 현저하게 강해지고 있다는 징후가 나타나고 있습니다. 지금 벌어지고 있는 일을 설명하자면, 뱀이 너무 강해져서 우리 목을 조르기 전에 죽이려는 것이죠."

"지금 전쟁이 일어날 거라고 말씀하시는 거예요? 그래서 그 많은 병사들이 일주일 전에 이동했던 건가요?"

"바로 그렇습니다. 모든 통치자들이 협정으로 얽혀 있기 때문에 체스판은 매우 복잡합니다. 설명하기 골치 아픈 일이죠. 하지만 지금 우리가 얘기하고 있는 이 순간에도 우리 군대는 벨기에를 침공하고 있고, 룩셈부르크는 이미 점령했고, 중무장한 일곱 개 사단이 프랑스의 산업 지역으로 향하고 있습니다. 프랑스인들이 삶을 즐기는 동안 우리는 빌미를 찾고 있었던 것 같아요. 프랑스인들이 에펠탑을 건설하는 동안 우리는 대포에 투자했습니다. 이 전쟁이 오래갈 거라고 보지는 않아요. 양쪽에 어느 정도 희생이 있은 뒤에는 언제나 평화가 군림하는 것으로 끝납니다. 하지만 그때까지는 당신 나라로 돌아가서 모두 잠잠해질 때까지 기다려야 합니다."

프란츠의 이야기에 나는 정말 놀랐습니다. 그는 진심으로 내 안위를 걱정하는 것 같았어요. 나는 가까이 다가서서 그의 얼굴에 손을 가져다댔습니다.

"걱정하지 마세요. 다 잘될 거예요."

"그렇지 않을 겁니다." 그가 내 손길을 거칠게 뿌리치며 대답했습니다. "그리고 내가 가장 원하던 것은 영원히 잃어버렸습니다."

그는 그토록 격렬하게 밀쳤던 내 손을 잡았습니다.

"내가 어릴 적에 우리 부모님은 내게 피아노를 배우게 하셨어요. 나는 그게 너무 싫었고 집을 떠나자마자 다 잊어버렸습니다. 한 가지만 제외하고요. 세상에서 가장 아름다운 멜로디도 조율이 안 된 채로 연주하면 흉물스럽게 변한다는 것이죠.

내가 빈에서 군복무중이었을 때 이틀간 휴가를 받은 적이 있습니다. 그때 포스터에 실린 젊은 여인의 모습을 보았어요. 그녀를 직접 본 적이 없는데도, 남자가 빠져서는 안 될 감정, 즉 첫눈에 반하는 사랑의 감정이 일어났어요. 그 여인이 바로 당신입니다. 일주일 치 봉급이 넘는 돈으로 입장료를 사서 관객이 가득찬 극장 안에 들어갔을 때였어요. 내 안에서 조율되지 않았던 모든 것들, 일테면 부모님, 군대, 조국, 세상과 나의 관계가 그 여인이 춤추는 모습을 보면서 갑자기 조화를 이루었다는 걸 알아차렸습니다. 나를 그렇게 만든 건 이국적인 음악이나, 무대와 객석에 흐르던 에로티시즘이 아니라 바로 그 여인이었습니다."

그는 나에 대해서 이야기하고 있었고 나는 그의 말을 중단시키고 싶지 않았습니다.

"이 모든 걸 더 일찍 얘기했어야 했겠지만 나는 시간이 더 있을 줄 알았습니다. 오늘날 내가 성공한 공연 기획자가 된 건 그날 밤 빈에서 본 모든 것에서 비롯되었을 거예요. 내일이면 내가 소속된 부대의 지휘관에게 신고하러 갑니다. 나는 당신의 공연을 보러 파리에 여러 번 갔어요. 당신의 갖은 노력에도 불구하고, '무용가'라거나 '예술가'라고 불릴 자격조차 없는 이들 때문에 마타 하리가 영역을 잃어가는 걸 보았습니다. 그래서 당신의 작업이 존중받을 수 있는 곳으로 당신을 데려오기로 결심했습니다. 이 모든 것은 사랑 때문에, 오로지 사랑 때문에, 상대방이 알아주지 않을지라도 상관없는 사랑 때문이었습니다. 정말로 중요한 건 사랑하는 사람 곁에 있는 것이고 그것이 나의 목적이었습니다.

당신을 만나러 파리에 갈 용기를 내기 하루 전날, 대사관 직원 한 명이 내게 연락했어요. 그는 당신이 요즘 만나고 있는 국회의원이, 독일 정보부에 따르면 곧 국방부 장관으로 임명될 거라고 했습니다."

"하지만 그 사람은 이미 국방부 장관을 역임했어요."

"우리측 정보부에 따르면 그는 전에 있던 그 자리로 돌아갈 거랍니다. 그 직원과는 전에 파리에서 자주 만난 적 있고 밤새 술을 마시기도 했어요. 그러던 어느 날 밤 술이 좀 과했고 여러 시간 당신 얘기를 계속했죠. 그는 내가 당신한테 반했다는 걸 알았고, 독일이 곧 당신의 활동을 필요로 할 것이라면서 당신을 여기로 데려오라고 요청했습니다."

"내 활동이라니요?"

"정부 고위직과 선이 닿는 사람이니까요."

그가 말하고자 했던, 그러나 차마 언급할 용기를 내지 못했던 단어는 '스파이'였습니다. 살면서 내가 절대로 할 리 없었던 일. 존경하는 클뤼네 변호사님께서도 분명히 기억하시겠지만 나는 그 사실에 대해 엉터리 재판정에서 이렇게 말했습니다. "창녀라면 맞아요. 스파이는 절대 아닙니다!"

"그러니 지금 이 길로 극장을 빠져나가 네덜란드로 가세요. 지금 드린 돈이면 충분할 겁니다. 얼마 지나지 않아 국경을 넘는 건 불가능해질 거예요. 그리고 더 무서운 사실은, 만일 그게 가능하다면 그건 우리가 파리에 누군가를 잠입시킬 수도 있다는 걸 뜻한다는 거죠."

나는 너무나 겁에 질려 있었지만, 그래도 그에게 작별의 입맞춤을 하고 내게 해준 일에 대한 감사의 말은 잊지 않았습니다.

나는 전쟁이 끝날 때까지 그를 기다리겠다고 거짓말하려 했지만, 정직함은 어떠한 거짓말도 무장해제시킵니다.

피아노는 정말로 화음이 틀리면 안 됩니다. 진정한 죄란 우리가 죄라고 배운 그런 것이 아니라, 완벽한 조화와 동떨어져 사는 것입니다. 그것은 우리가 날마다 말하는 참과 거짓보다 훨씬 강력합니다. 나는 그를 향해 돌아서서, 이제 옷을 갈아입어야겠으니 자리를 비켜달라고 정중히 부탁했습니다. 그러고는 말했어요.

"죄악은 신이 창조한 게 아니고, 우리가 절대적인 것을 어떤 상대적인 것으로 변형시키려 할 때 만들어졌어요. 우리는 전체를 보지 못하고 일부만 보게 된 겁니다. 그리고 그 일부가 죄와

규칙, 악에 맞서 싸우는 선을 결정하다보니 결국은 각자 자기가 옳다고 생각하죠."

내 입에서 나온 말에 나 자신도 놀랐습니다. 아마 나는 생각했던 것보다 훨씬 겁에 질려 있었던가봅니다. 하지만 내 머리는 멀리 떨어져 있는 것 같았습니다.

"당신 나라에서 독일 영사로 일하는 친구가 하나 있습니다. 그 친구가 당신이 새 삶을 시작하도록 도울 수 있을 겁니다. 하지만 조심하세요. 그도 나처럼, 당신이 전쟁에서 우리 정부를 돕도록 일을 꾸밀 가능성이 농후해요."

다시 한번 그는 '스파이'라는 단어를 피했습니다. 나는 그런 함정을 모면했던 경험이 충분히 있는 여자였습니다. 남자들과의 관계에서 그런 적이 한두 번이었겠어요?

그는 나를 문 쪽으로 이끌었고 기차역까지 바래다주었습니다. 가는 길에 우리는 왕궁 앞에서 대규모 시위대를 지나쳤는데, 거기서는 모든 연령대의 사람들이 모여 주먹 쥔 손을 들어올리며 이렇게 외치고 있었습니다.

"독일 만세!"

프란츠가 차의 속도를 높였습니다.

"누군가가 우리를 멈춰 세우거든 내가 말할 테니 조용히 계세요. 혹시 당신에게 뭘 물어보면 '예' '아니요'로만 대답하세요. 무료해하는 표정을 짓고 절대로 적국의 언어로 말하지 마세요. 기차역에 도착하면 어떤 상황에서도 겁먹은 기색을 보이지 말고 있는 그대로 당신의 모습을 유지하십시오."

있는 그대로의 나? 내가 누구였는지 정확히 모르는데 어떻게 나 그대로가 될 수 있을까요? 무엇이 나의 진짜 모습일까요? 유럽을 단번에 사로잡은 무용가? 네덜란드령 동인도에서 굴욕적으로 살았던 주부? 권력자들의 정부? 얼마 전까지도 찬탄하고 떠받들던 언론들이 이제 "속물 예술가"라고 부르는 여인?

우리는 기차역에 도착했고 프란츠는 내 손에 정중하게 입을 맞추고는 내게 첫 기차를 타라고 당부했습니다. 짐가방 없이 떠나보기는 난생처음이었습니다. 파리에 처음 왔을 때조차도 몇 가지 짐은 들고 있었으니까요.

역설적으로 들릴 수 있지만 그 사실에 나는 어마어마한 해방감을 느꼈습니다. 곧 내 옷들을 되찾을 터였지만, 그때까지 나는 인생이 나에게 부여한 역할, 즉 아무것도 없는 빈털터리 여인, 혹은 멀리 떠나온 성으로 돌아갈 날이 곧 오리라는 기대로 매번 위안을 삼는 공주 역할을 하며 살아보기로 했습니다.

암스테르담으로 가는 기차표를 사고 난 후 나는 기차가 출발하려면 아직 몇 시간 남았다는 걸 깨달았습니다. 아무리 조심스럽게 행동해도 모두가 나를 쳐다보는 시선이 느껴졌습니다. 단지 다른 게 있다면 감탄이나 부러움의 눈길이 아니라 호기심의 눈길이라는 것이었습니다. 플랫폼은 사람들로 가득했고, 나와는 달리 다들 있는 살림을 몽땅 가방에, 자루에, 카펫으로 만든 보따리 등에 꾸려온 듯했습니다. 어느 어머니가 딸에게, 조금 전 프란츠가 나에게 했던 말과 똑같은 말을 하는 소리가 들렸습니다. "감시병 같은 사람이 보이거든 독일 말만 해라."

그 말인즉 개중에는 꼭 시골 등지로 가려는 사람들뿐만 아니라 본국으로 돌아가는 '스파이'들이 있을 수도 있다는 뜻이었습니다.

아무와도 눈을 마주치지 않고 아무와도 말을 섞지 않기로 결심했건만 나이 많은 남자가 다가와 말을 걸었습니다.

"우리랑 춤추러 가지 않겠소?"

그는 내가 누군지 알고 있었던 걸까요?

"우리는 저기 플랫폼 끝에 있어요. 오세요!"

낯선 이들과 섞여 있는 편이 더 안전할 것 같다는 생각에 나는 무작정 그를 따라갔습니다. 얼마 안 가 내 주위를 온통 둘러싼 집시들을 발견하고는 반사적으로 손가방을 몸 가까이 챙겼습니다. 그들의 눈에는 두려움이 서려 있었습니다. 하지만 언제든 표정을 바꿔야 하는 상황에 익숙한 듯, 그들은 두려움에 굴복하지 않는 것 같았습니다. 그들은 둥그렇게 모여 서서 손뼉을 치고 있었고 그 가운데서 여자 세 명이 춤추고 있었습니다.

"같이 춤추시겠소?" 나를 그곳으로 데려온 노인이 물었습니다.

나는 한 번도 춤을 춰본 적이 없노라고 대답했습니다. 그가 재차 청했지만 나는 춤을 추고 싶어도 입고 있는 옷이 움직이기에 편하지 않다고 말했습니다. 그는 납득한 것 같았고, 손뼉을 치기 시작하더니 나더러 똑같이 따라 하라고 청했습니다.

"우리는 발칸에서 온 집시라오." 그가 말했습니다. "듣기로는 그쪽에서 전쟁이 시작됐다지요. 우리는 가능한 한 빨리 이곳을 벗어나야 해요."

나는 그렇지 않다고, 전쟁은 발칸에서 시작된 게 아니며, 모든 것은 수년째 터질 준비가 되어 있는 듯했던 화약고에 불을 붙일 구실이었을 뿐이라고 설명하고 싶었습니다. 그러나 프란츠가 충고한 대로 입을 다물고 있는 편이 나았습니다.

"……하지만 전쟁은 결국 끝날 거예요." 초라한 옷을 걸친 겉모습보다 훨씬 아름다운, 검은 머리에 검은 눈의 여인이 말했습니다. "모든 전쟁은 죽음이라는 다른 사람들의 희생을 대가로 치러지고, 많은 이들이 이윤을 남기고서 끝나요. 그러는 동안 우리는 끊임없이 분쟁을 피해 멀리 이동하고 분쟁은 고집스럽게 우리를 쫓아오죠."

근처에서는 한 무리의 아이들이 마치 아무것도 중요하지 않다는 듯, 여행은 항상 일종의 모험이라는 듯이 장난치고 있었습니다. 그 소년들의 세계에서 용들은 언제나 서로 끊임없이 싸우고, 기사들은 철갑을 두르고 커다란 창으로 무장한 채 자기들끼리 전투를 벌였습니다. 서로 쫓고 쫓기지 않는 세상은 그들에게 지독히도 따분할 터였습니다.

나에게 말을 건 집시 여인이 아이들에게 다가가서 너무 이목을 끌지 않도록 소리를 낮춰달라고 부탁했습니다. 그러나 소년들 중 어느 누구도 개의치 않았습니다.

번화가를 지나는 모든 사람을 아는 듯 보이는 거지가 노래했습니다.

새장에 갇힌 새는 자유를 노래할 수 있다네. 하지만 계속 그 속에 갇혀 살 거라네.

테아는 새장에서 살기로 했다네. 시간이 흘러 도망치길 원했지만 아무도 이해하지 못했기에 누구도 도와주지 않았다네.

나는 테아가 누구인지 전혀 몰랐습니다. 내가 아는 것은 오직 가능한 한 빨리 영사관으로 가 헤이그에서 내가 아는 유일한 사람인 카를 크라머를 찾아야 한다는 것뿐이었습니다. 전날 밤은 누군가 날 알아보고 쫓아내지 않을까 걱정하며 삼류 호텔에서 보냈습니다. 헤이그는 별나라에서 온 것처럼 보이는 사람들로 들끓었습니다. 보아하니 전쟁 소식은 아직 그곳까지 닿지 못한 채 수많은 피난민들, 탈영병들, 보복을 두려워하는 프랑스인들, 전선에서 도망친 벨기에인들 등 불가능한 일을 기대하고 있는 듯한 모든 이들과 함께 국경에 갇혀 있는 것 같았습니다.

생전 처음으로 나는 레이우아르던에서 태어난 네덜란드 여권 소지자라서 행복했습니다. 네덜란드 여권은 내게 구원이었습니다. 짐 수색을 기다리는 동안—나에겐 짐이 하나도 없어서 다행이었지요—얼굴도 제대로 보지 못한 어떤 남자가 내게 봉투 하나를 던졌습니다. 봉투에는 누군가의 주소가 적혀 있었는데, 그때 그 광경을 지켜본 국경 관리 장교가 다가왔습니다. 그리고 봉투를 열어보더니 다시 닫고 아무 말 없이 내게 건넸습니다. 곧이어 그는 또다른 장교 한 사람을 불러 이미 어둠 속으로 사라진 남자 쪽을 가리키며 외쳤습니다.

"탈영병이오."

독일군 장교가 그의 뒤를 쫓았습니다. 전쟁이 이제 막 시작됐고 사람들이 벌써 도망치기 시작한 걸까요? 독일 군인이 총을 들어 남자가 달려간 방향으로 겨누는 모습이 보였습니다. 총이 발사되었을 때 나는 다른 쪽으로 눈을 돌렸습니다. 나는 그 남자가 무사히 도주했다고 생각하면서 남은 생을 살고 싶습니다.

봉투 안에 든 편지는 어느 여인 앞으로 되어 있었고, 남자는 내가 헤이그에 도착해서 우편함에 봉투를 넣어주기를 바랐던 것 같습니다.

어떤 대가를 치르더라도 나는 여기서 빠져나갈 것이오. 만일 도중에 붙잡힌다면 탈영병으로 처형될 테니 그 대가가 내 목숨이 되더라도 시도해보려 하오. 전쟁은 이제 시작된 것 같소. 첫번째 프랑스 군인들이 맞은편 진영에 나타나자 중대장의 명령을 받은 내가, 다름아닌 내가 기관포를 발사했소. 그 단 한 방에 그들은 삽시간에 스러져갔다오.

어쩌면 이 전쟁은 곧 끝나겠지만 그렇다 하더라도 나는 손에 피를 묻혔고 내가 한 일을 두 번 다시는 저지를 수 없을 거요. 모두들 한껏 들떠서 파리까지 진격할 거라고 말하지만 나는 부대와 함께 가지 않을 테요. 이 모든 것이 미친 짓으로 느껴지기에 나는 우리를 기다리고 있는 승리를 축하할 수도 없소. 아무리 생각해봐도 지금 일어나는 일을 이해할 수 없다오.

아무도 거기에 대해 언급하지 않는데, 내 생각에는 아무도 대답을 모르기 때문인 것 같소.

믿기지 않겠지만 여기에도 우편 서비스가 있다오. 서비스를 이용할 수도 있겠지만 모든 편지가 우송되기 전에 검열을 거친다고 들었소. 당신도 이미 알다시피 이 편지를 통해 내가 얼마나 당신을 사랑하는지 고백하거나, 독일 전역에 알려진 우리 군인들의 용맹에 대해 말하려는 것이 아니오. 이 편지는 나의 유언장이라오. 나는 육 개월 전 당신에게 청혼했던 바로 그 나무 아래에서 이 편지를 쓰고 있소. 당신은 나의 청혼을 받아들였고, 우리는 미래를 계획했고, 당신 부모님이 혼수 준비를 도와주셨지. 그리고 마침내 나는 우리가 그토록 기다린 첫 아이를 키울 수 있는 방 하나가 더 있는 집을 찾게 되었는데, 갑자기 같은 장소로 돌아와서 머리끝부터 발끝까지 진흙투성이가 되고, 전에 한 번도 본 적 없고 나한테 어떤 해도 입힌 적 없는 사람들 대여섯의 피를 묻힌 채 사흘 동안 참호를 파고 있다오. 사람들은 이걸 우리의 위엄을 지키기 위한 '정의로운 전쟁'이라고 부르고 있소. 마치 전쟁터가 정의를 위한 장소라는 듯이 말이오.

첫번째 총격전을 떠올릴 때마다, 그리고 첫번째 사망자들의 피냄새를 느낄 때마다 인간의 위엄은 이런 것과 더불어 공존할 수 없다는 확신이 더욱 강해진다오. 누군가가 나를 부르고 있어서 이만 편지를 끝내야 하오. 하지만 날이 저무는 대로 나는 여기서 도망칠 거라오. 네덜란드로 가거나 아니면 죽게 되겠지.

날이 갈수록 나로서는 여기서 벌어지는 일을 설명하기 어려워질 거라고 생각하오. 그러므로 나는 오늘밤 여기를 떠날 작정이고, 나를 대신해 이 편지를 부쳐줄 좋은 사람을 만나길 기대한다오.

내 모든 사랑을 보내며,

요른

나는 신의 뜻에 따라, 암스테르담에 도착하자마자 역 플랫폼에 군복 차림으로 서 있는, 파리에서 내 미용사였던 사람을 발견했습니다. 그는 여자 머리칼을 헤나로 염색하는 기술로 이름난 사람이었습니다. 머리색이 늘 자연스럽고 아름다웠지요.

"반 스탕!"

그가 소리난 쪽을 쳐다봤습니다. 그리고 경악한 얼굴로 돌아서더니 즉시 어딘가를 향해 걸어가기 시작했습니다.

"모리스, 나예요. 마타 하리!"

하지만 그는 점점 내게서 멀어지고 있었습니다. 나는 격분했습니다. 내가 그 사람에게 얼마나 많은 돈을 지불했는데 나를 피해 도망치다니요? 나는 그를 쫓아가기 시작했고 그의 걸음은 더욱더 빨라졌습니다. 나 역시 속도를 높이자 그는 달리기 시작했습니다. 그 광경을 모두 지켜본 어떤 신사가 그의 팔을 붙잡고 말했습니다.

"저 여자분이 당신을 부르고 있잖소!"

그는 자신의 운명에 굴복했어요. 걸음을 멈추고 내가 다가갈 때까지 기다렸습니다. 그러고는 낮은 목소리로, 자기 이름을 부르지 말아달라고 부탁했습니다.

"여기서 뭐하고 있는 거죠?"

내 물음에 그가 답하기를, 전쟁이 일어나고 얼마 후 애국심이 동해 조국 벨기에를 수호하러 입대를 결심했다는 겁니다. 하지만 첫번째 포성을 듣자마자 바로 네덜란드로 넘어와서 망명을 신청했다고요. 나는 그를 경멸하는 투로 말했습니다.

"내 머리나 좀 만져줘요."

사실 내게 절실하게 필요했던 건 내 짐이 도착할 때까지 자존감을 되찾는 것이었습니다. 파리로 돌아갈 방책을 궁리할 동안 나는 프란츠가 준 돈으로 한두 달은 충분히 버틸 수 있었습니다. 그에게 당분간 내가 어디서 지낼 수 있을지 물었습니다. 나는 적어도 그곳에서 사태가 진정될 때까지 나에게 도움이 될지도 모르는 친구를 하나 만난 셈이었습니다.

그로부터 일 년 후, 나는 파리에서부터 알고 지낸 어느 은행가 덕분에 헤이그로 와서 정착했습니다. 그 은행가와는 그가 날 위해 임차한 집에서 만나곤 했습니다. 그런데 어느 시점부터 그는 더이상 집세를 내지 않았고 이유를 정확히 말하지 않았지만 짐작건대 그가 언급했듯 내 취향이 "비싸고 유별나다"고 여겨서인 것 같았습니다. 그의 말에 나는 "유별난 건, 잃어버린 젊음을 여자 다리 사이에서 되찾으려는, 나보다 열 살 많은 남자"라고 받아쳤습니다.

그는 내 말을 개인적인 모욕으로 받아들였고—그게 나의 의도였죠—나더러 집에서 나가달라고 했습니다. 헤이그는 어린

시절 단 한 번 방문했을 당시부터 이미 음울한 도시였습니다. 갈수록 확산되고 맹렬해지는 이웃 국가들의 전쟁으로 인해 식량 배급을 실시하고 야간 활동을 통제하면서, 이제 이곳은 노인 요양소, 스파이들의 은신처, 부상병들과 탈영병들이 울분을 쏟아내며 엉망으로 취해서 대개는 사망으로 끝나는 육탄전을 벌이는 거대한 술집이 되었습니다. 나는 고대이집트 무용에 기반한 공연을 올리려고 몇 차례 시도했습니다. 아무도 고대이집트에서 어떤 춤을 췄는지 알지 못하고 비평가들도 진위 여부에 대해 문제를 제기할 수 없으니 공연 자체는 쉽게 만들어낼 수 있을 터였습니다. 하지만 극장에 관객이 없어 아무도 내 제안을 받아들이지 않았습니다.

파리는 시간이 흐를수록 요원해지는 꿈 같았습니다. 하지만 그곳은 내 삶의 유일한 목적지였고, 인간이라는 말이 의미하는 모든 것을 갖춘 한 사람으로 나를 느끼던 유일한 도시였습니다. 그 도시에서 나는 허용된 것들과 금지된 것들을 다 누릴 수 있었습니다. 그곳은 구름도 달랐고 사람들의 걸음걸이도 우아했어요. 중립국의 이미지를 훼손하고 위태롭게 했다며 경찰에 고발당할까봐 사람들이 말을 아끼는 헤이그의 미용실에서 오가는 재미없는 대화에 비하면 그곳에서의 대화는 천배는 흥미로웠지요.

한동안 나는 모리스 반 스탕을 찾았습니다. 암스테르담에 있는 몇 안 되는 학창 시절 동창들에게 그에 대해 물어봤지만, 그는 그의 헤나 염색 기술과 프랑스인인 척하는 우스꽝스러운 억양과 함께 지구상에서 사라져버린 것 같았습니다.

내 유일한 출구는 독일인들의 도움을 받아 파리로 가는 것이었습니다. 그래서 나는 프란츠가 말한 친구를 만나기로 했고, 만나기에 앞서 내가 누구인지 설명하고 내 삶의 많은 시간을 보낸 도시로 돌아가는 꿈을 이룰 수 있게 도와달라는 편지를 보냈습니다. 한동안 늘었던 몸무게는 그 길고 암담했던 시간 동안 다시 줄었습니다. 잡지를 보니 유행이 바뀌어서 어차피 더이상 반갑지도 않았겠지만, 내 옷들은 결국 네덜란드로 오지 않았습니다. 하지만 내 '후원자'가 전부 새것으로 사줬습니다. 파리 수준의 상품들은 물론 아니었지만 적어도 입고 움직이자마자 솔기가 터지지는 않았습니다.

사무실에 들어서자 그곳에는 수입 담배와 시가, 유럽 각지에서 공수된 음료수, 시내 시장에서 제한적으로 구매할 수 있는 햄과 치즈 외에도 네덜란드 사람에게는 허락되지 않은 온갖 사치스러운 물건들로 둘러싸인 남자가 있었습니다. 섬세한 금세공 장식이 된 마호가니 탁자 앞에 앉아 있던 그 남자는 옷을 잘 차려입었고 내가 만나온 다른 독일인들보다 정중했습니다. 의례적인 인사를 나눈 뒤 그는 내게 자기를 만나러 오는 데 왜 이렇게 오래 걸렸느냐고 물었습니다.

"저를 기다리실 줄은 몰랐어요. 프란츠는……"

"당신이 오실 거라고 일 년 전에 말해줬습니다."

남자가 자리에서 일어나 무슨 음료를 들겠느냐고 물었습니다. 나는 아니스 술을 달라고 했고 영사가 직접 보헤미아 크리스털 잔에 술을 따라줬습니다.

"불행히도 프란츠는 이 세상 사람이 아닙니다. 프랑스의 비겁한 공격으로 사망했어요."

거의 아는 바는 없지만 듣기로는 1914년 8월에 감행한 독일의 기습 공격은 벨기에 국경에서 저지당했습니다. 내게 맡겨졌던 편지에서처럼 빠른 시간에 파리를 접수하겠다는 야심은 이제 머나먼 꿈이었습니다.

"우리는 모든 계획을 잘 세워놨었죠! 혹시 이 얘기가 재미없으십니까?"

나는 계속해달라고 그에게 말했습니다. 따분한 건 사실이었지만 최대한 빨리 파리로 돌아가고 싶었고, 그의 도움이 필요하다는 걸 알고 있었습니다. 헤이그에 온 뒤로 나는 지극히 어려운 것을 배워야 했습니다. 바로 인내심의 미학을요.

영사는 내 눈에서 지루한 기색을 읽었고 그때까지의 전세를 최대한 요약해서 말해줬습니다. 일곱 개 전투부대를 서쪽으로 보내고 프랑스 영토를 향해 빠르게 진격해 파리에서 50킬로미터 거리까지 당도했음에도 불구하고, 지휘관들은 총사령관이 어떤 공격작전을 세웠는지 전혀 알지 못했으며, 결국은 지금 있는 곳인 벨기에 국경 근처로 후퇴했다는 것이었습니다. 거의 일 년째 어느 한쪽의 군인들도 대대적으로 학살당하는 일 없이 움직이지 않고 있었습니다. 그러나 누구도 항복하지 않았어요.

“이 전쟁이 끝나고 나면 프랑스는 규모와 상관없이 모든 마을에 전사자들을 추모하는 기념물을 세우게 될 거라고 확신합니다. 그들은 우리쪽 대포를 맞고 두 동강 나버릴 사람들을 갈수록 많이 보내고 있어요.”

나는 ‘두 동강 난다’는 표현에 놀랐고, 그는 나의 혐오감을 눈치챘습니다.

“이 악몽이 빨리 끝날수록 좋다고만 해둡시다. 영국이 프랑스 편에 있다 해도, 그리고 우리의 멍청한 동맹국 오스트리아가 러시아의 공격을 막아내느라 여력이 없다 해도, 우리는 결국 승리할 겁니다. 하지만 그러기 위해서는 당신의 도움이 필요합니다.”

내 도움이라니요? 헤이그에 와서 참석한 몇 안 되는 저녁식사 자리에서 주워듣거나 어딘가에서 읽어본 바에 의하면 이미 수천 명의 사람들이 목숨을 잃었다는 이 전쟁을 멈추는 데 말인가요? 그는 무슨 이야기를 하고 싶었던 걸까요?

갑자기, 프란츠의 경고가 머릿속에 메아리치듯 울리며 떠올랐습니다. “크라머가 당신에게 제안할 그 무엇도 수락하지 마세요.”

하지만 내 인생은 더이상 나빠질 수 없는 상태였습니다. 돈이 간절히 필요했고, 잠잘 곳도 없었고, 빚은 늘어만 갔습니다. 그가 무엇을 제안할지 알고 있었지만 나는 함정에서 빠져나갈 방법을 찾을 수 있을 거라고 확신했습니다. 살아오는 동안 이미 여러 번 벗어난 적이 있었으니까요.

나는 그에게 본론을 이야기하라고 했습니다. 그러자 카를 크라머가 자세를 꼿꼿이 세우더니 별안간 목소리 톤을 바꾸었습니다. 나는 더이상 중요한 화제를 말하기에 앞서 약간의 점잔을 차려야 하는 손님이 아니었습니다. 그는 나를 부하처럼 대하기 시작했습니다.

“당신이 나한테 보낸 편지를 보아하니 당신은 파리에 가기를 원하신다고요. 그렇게 해드릴 수 있어요. 거기다 대가로 이만 프랑을 보조해드릴 수도 있고요.”

“그걸로는 충분하지 않아요.” 나는 대답했습니다.

“이 금액은 당신의 역량이 가시화되고 테스트 기간이 끝나는 대로 재조정될 겁니다. 걱정 마세요. 우리 주머니는 그런 일에 쓸 돈으로 차고 넘쳐요. 대신 당신은 당신이 드나드는 사교계에서 얻을 수 있는 정보란 정보는 모두 나에게 넘겨야 합니다.”

드나들었었지, 라고 나는 생각했습니다. 파리를 떠난 지 일 년 반이 지난 터라 내가 파리에서 어떻게 받아들여질지 알 수 없었습니다. 더구나 파리에 알려진 나에 대한 마지막 소식은 공연하러 독일로 떠났다는 것이었으니 말입니다.

크라머는 서랍에서 작은 유리병 세 개를 꺼내 내게 건넸습니다.

"이건 눈에 보이지 않는 잉크예요. 새로운 소식이 있을 때면 이걸로 편지를 써서 당신 담당인 호프만 대위에게 보내도록 해요. 절대 당신 이름으로 서명은 하지 말고요."

그는 목록을 하나 꺼내 위에서 아래로 죽 훑어보고는 그중 한 곳에 표시를 했습니다.

"당신의 코드명은 H21이 될 거요. 기억해두세요. 항상 H21이라고 서명하도록."

나는 그 상황을 두고 우습다고 해야 할지 위험하다 해야 할지 바보 같다고 해야 할지 알 수 없었습니다. 적어도 열차 좌석 번호 같은 축약어 말고 좀더 나은 이름을 골라줄 수 있지는 않았을까요.

그는 다른 서랍에서 현금 2만 프랑을 꺼내 내게 내밀었습니다.

"앞방에 있는 내 직원들이 여권과 통행증 같은 세세한 것들을 챙겨줄 거요. 전쟁중이라 국경을 넘는 게 불가능하단 건 당신도 예상하겠지요. 그러니 유일한 대안은 우선 런던으로 가서, 거기서 다시 파리로 건너가는 겁니다. 우리는 머지않아 그 위풍당당하면서도 비현실적인 개선문 아래를 행진하게 될 것입니다."

나는 돈과 여권 두 개와 통행증 등 내게 필요한 모든 것을 받아서 영사관을 나왔습니다. 그리고 첫번째 다리를 지나면서 병 속에 담겨 있는 투명 잉크를, 전쟁놀이를 좋아하는 어린이들을 위한 것이지 어른들이 진지하게 여길 물건이라고는 상상도 해본 적 없는 그 물건을 쏟아버렸습니다. 그러고는 프랑스 영사관으로 가서 그곳 담당자에게 첩보부 책임자와 연락할 수 있게 해달라고 요청했습니다. 그는 나를 믿지 못하는 눈치였습니다.

"그런데 무슨 일로 그러시죠?"

나는 개인적인 용무이고 하급자에게는 절대 내용을 말할 수 없다고 했습니다. 내가 무척 심각해 보였는지 나는 곧 전화로, 자신의 이름을 밝히지 않는 그의 상관과 얘기할 수 있었습니다. 나는 그에게 조금 전 독일 스파이로 차출되었다며 자세한 사항들을 모두 얘기했고, 다음 목적지인 파리에 도착하는 대로 그와 만나고 싶다고 했습니다. 그는 내 이름을 물었고, 자신이 내 팬이라면서, 내가 '빛의 도시'에 오는 대로 만날 수 있도록 조치하겠다고 했습니다. 나는 파리에서 머물 호텔이 아직 정해지지 않왔다고 그에게 알려주었습니다.

"걱정하지 마세요. 그런 게 바로 우리가 알아봐드릴 일입니다."

내가 헤이그를 언제 떠날 수 있을지 알게 되었을 뿐이었는데, 그것만으로 인생은 다시 흥미로워졌습니다. 놀랍게도 호텔에 도착하자 왕립극장의 간부들 중 한 명에게서 만나자는 편지가 와 있었습니다. 내 제안이 마침내 받아들여졌고, 옷을 벗는 장면을 넣지 않는다는 조건으로 이집트 전통 무용 공연을 요청한다는 내용이었습니다. 내 생각에 그건 너무 지나친 우연이었습니다만 독일과 프랑스 중 어느 쪽에서 손을 쓴 것인지는 알 수 없었습니다.

나는 공연을 하기로 했습니다. 그리고 무대를 순결, 열정, 정조, 신의의 네 가지 주제로 구성했습니다. 헤이그 현지 언론들로부터 호평을 받았습니다만, 여덟 번의 공연을 마치고 나자 나는 다시 죽도록 권태로워졌고 파리로 위대한 귀환을 하게 될 그날만을 꿈꾸었습니다.

암스테르담에서 영국으로 가는 환승 차편을 여덟 시간 동안 기다려야 했을 때, 나는 잠시 바람을 쐬러 나갔다가 테아에 대한 이상한 노래를 부르던 그 거지와 또다시 마주쳤습니다. 그냥 지나쳐 가려는데 그가 노래를 멈추고는 내게 물었습니다.

"당신은 왜 미행당하고 있지요?"

"내가 아름답고 매혹적이고 유명해서지요." 나는 대답했습니다.

하지만 그는 그러한 이유로 나를 따라오는 사람들 같지는 않다면서, 두 남자가 자신이 지켜보고 있다는 걸 알아채자마자 수상쩍게 자취를 감췄다고 내게 일러주었습니다.

마지막으로 거지와 말을 주고받은 게 언제였는지 기억도 나지 않습니다. 상류층 숙녀가 거지와 말을 섞는다는 건 절대로 있을 수 없는 일이었습니다. 시기하는 사람들이야 여전히 나를 예술가나 창녀로 보겠지만요.

"그렇게 보이지 않겠지만 아가씨는 천국에 계신 겁니다. 지루하긴 하지만 천국이라고 지루하지 않겠어요? 나는 당신이 모험을 찾는단 걸 알아요. 내 무례함을 용서하시길. 하지만 사람들은 대체로 가진 것에 감사할 줄 모른답니다."

나는 충고에 대해 감사 인사를 하고 계속 걸음을 옮겼습니다. 재미있는 일이라고는 아무것도, 정말 아무것도 없는 그곳이 어떻게 천국일 수 있단 말인가요? 나는 행복을 찾았던 게 아니라 프랑스 사람들이 말하는 '라 브레 비La vraie vie', 진정한 삶을 원했습니다. 형언할 수 없는 아름다움과 깊은 상심의 순간들이 함께 있고, 충성과 배신, 두려움과 평화의 순간들이 공존하는 진정한 삶. 내가 미행당하고 있다고 거지가 말했을 때, 나는 이전에 맡았던 그 어떤 역할보다 훨씬 중요한 역할을 하게 된 나 자신을 상상했습니다. 나는 세상의 운명을 바꿀 수도 있는 인물이었습니다. 독일을 위해 일하는 스파이인 척하며 실은 프랑스가 전쟁에서 이기게 만들고 있었지요. 사람들은 신이 수학자라고 생각하지만, 그렇지 않아요. 신이 만일 사람이라면, 신은 상대방의 수를 앞질러 생각하고, 미리 무너뜨릴 전략을 준비하는 체스 선수일 것입니다.

그리고 그것은 바로 나, 마타 하리였습니다. 나에게 모든 빛과 어둠의 순간은 같은 의미였습니다. 나는 결혼생활과 딸에 대한 양육권 상실을 견뎌냈고—비록 제삼자에게 전해 들은 것이지만 딸아이는 내 사진을 자신의 도시락 가방에 붙여놓고 다닌다고 합니다—신세를 한탄하거나 무기력하게 한곳에 오래 머문 적은 한순간도 없었습니다. 노르망디 바닷가에서 아스트뤼크와 함께 돌을 던지던 날, 나는 내가 언제나 전사였으며 고통에 굴복하지 않고 계속 나의 전투를 치러왔다는 사실을 깨달았습니다. 그 전투들은 삶의 일부였습니다.

역에서 대기하는 여덟 시간은 빠르게 지나갔고 나는 다시 브라이턴으로 향하는 기차에 올랐습니다. 영국에 도착해서는 간단한 검문을 받았습니다. 보아하니 나는 이미 표적이 된 여자였는데, 아마도 혼자 여행하고 있기 때문이거나 그저 나였기 때문인지도 모르겠고, 내 생각에 가장 그럴 법한 이유는 프랑스 첩보부에서 내가 독일 영사관에 들어가는 것을 보고 모든 연합국에 그 사실을 알렸기 때문인 듯싶었습니다. 아무도 프랑스 첩보부 책임자와 나의 전화 통화 내용과, 내가 향하고 있던 나라에 대한 나의 헌신에 대해 몰랐습니다.

그후 이 년에 걸쳐 나는 그때껏 가보지 못했던 많은 나라들로 여행을 했습니다. 내 물건들을 되찾을 수 있는지 알아보러 독일에 돌아갔었고, 모두가, 확실히 모두가, 내가 프랑스를 위해 일한다는 걸 알고 있었음에도 불구하고 영국 관리들의 혹독한 취조를 받았습니다. 계속해서 흥미로운 남자들을 만났고 가장 유명한 식당들을 드나들었고, 그러다 마침내, 단 하나의 진정한 사랑을 만났습니다. 나는 그 사람을 위해서라면 무엇이든 할 수 있었습니다. 그런데 그이는 이번 전쟁에서 무차별적으로 사용된 머스터드가스 때문에 시력을 잃게 되었지요.

그 사람 때문에 나는 내 모든 것을 잃어버릴 위험을 감수하면서 비텔에 갔습니다. 내 인생에 새로운 의미가 생겼던 것입니다. 우리가 함께 눕는 밤마다 나는 '노래 중의 노래'*의 한 구절을 읊조리곤 했습니다.

> 밤이면 내 침대에서, 내 영혼이 사랑하는 사람을 찾으려 했습니다. 나는 그를 찾아 헤맸으나 만나지 못했습니다.

---

* 구약성경 중 아가(雅歌). 남녀간의 사랑을 찬양한 연애시.

나는 이제 일어나 도시를 돌아다닐 겁니다. 거리와 광장을 거닐며 내 영혼이 사랑하는 사람을 찾아다닐 겁니다. 나는 그를 찾아다녔고 만나지 못했습니다.

도시를 순찰하던 야간 경비원들과 마주쳤습니다. 그들에게 물었습니다. 내 영혼이 사랑하는 사람을 보셨나요?

그들을 지나치자마자 내 영혼이 사랑하는 사람을 만났습니다. 나는 그를 붙잡았고 놓아주지 않았습니다.

그리고 나는 그가 고통에 시달리고 있었을 때, 그의 눈과 화상입은 몸을 보살피며 밤을 지새웠습니다.

그 사람이 증인석에 앉아서 자기보다 스무 살 많은 여인과 사랑에 빠진다는 것은 있을 수 없는 일이고, 유일하게 원했던 것은 자기 상처를 간호해줄 누군가였다고 말하는 모습을 보았을 때, 세상에서 가장 날카로운 칼날이 내 심장을 관통하는 것 같았습니다.

그리고 클뤼네 변호사님, 나중에 당신이 말해주었듯이, 비텔에 가기 위해 통행 허가를 얻으려 했던 필사적인 노력이야말로 그 빌어먹을 라두의 의심을 불러일으킨 치명적인 원인이었습니다.

클뤼네 변호사님, 여기서부터는 내 이야기에 더이상 덧붙일 것이 없습니다. 무슨 일이 어떻게 일어났는지 당신이 정확히 알고 계시니까요.

그리고 내가 겪은 모든 부당한 일과 참아야 했던 굴욕과 제3전쟁위원회 법정에서 당한 공공연한 명예훼손과, 프랑스와 독일 양국이 꾸며낸 거짓말을 헤아려주세요. 그들은 서로를 죽이는 와중에도, 사람들이 갈수록 고립되어 살아가는 세상에서 자유로운 영혼을 가졌다는 가장 큰 죄를 저지른 한 여인을 가만히 내버려둘 수 없다는 듯이 입을 모아 거짓을 꾸며댔습니다. 부디 이 모두를 헤아려주시어, 클뤼네 변호사님, 만일 공화국 대통령에게 보낸 마지막 청원이 거부된다면, 이 편지를 보관했다가 나의 딸 논이 내게 일어난 모든 일을 이해할 수 있는 나이가 됐을 때 전해주시기 바랍니다.

아스트뤼크가 내 에이전트였던 시절 나와 노르망디 해변에 갔을 때—파리에 돌아온 후로는 그와 단 한 번 만났을 뿐입니다—그는 반유대주의 물결이 나라를 휩쓸고 있어서 나와 함께 있는 모습을 사람들에게 보여서는 안 된다고 말한 적이 있습니다. 그는 작가 오스카 와일드에 대해서 말했었지요. 그가 언급한 작품 「살로메」를 찾는 건 어렵지 않았으나, 내가 제작하려는 공연에 한푼이라도 돈을 대려는 투자가가 아무도 없었습니다. 비록 내게 돈은 없었지만 영향력 있는 친구들은 여전히 있었는데 말이지요.

왜 이 얘기를 하느냐고요? 나는 왜, 생애 마지막 날들을 이곳 파리에서 보냈고, 장례식에 온 친구 하나 없이 땅에 묻혔으며, 남자를 사랑했다는 것이 유일한 죄였던 그 영국 작가의 작품에 관심을 갖게 되었을까요? 바라건대 나 역시 그와 같은 이유로 유죄판결을 받은 것이었으면 합니다. 왜냐하면 지난 세월 동안 나는, 만족할 줄 모르고 쾌락을 좇는 유명한 남자들과 그 부인들의 침대에 드나들었으니까요. 물론 그들은 아무도 나를 고발하지 않았는데, 그랬다가는 그들이 나의 증인으로 나서야 했기 때문이었습니다.

오늘날 자기 조국에서 저주받고 우리 나라에서도 무시당하는 그 영국 작가 이야기로 다시 돌아오자면, 나는 여행중에 계속 그의 희곡 작품들을 많이 읽었고, 그가 어린이를 위한 동화도 썼다는 걸 알게 됐습니다.

한 소년이 사모하는 소녀에게 춤을 청했으나, 소녀는 붉은 장미를 가져와야만 수락하겠다며 거절했습니다. 하지만 소년이 사는 곳에는 노란색이나 흰색 장미뿐이었습니다.

나이팅게일 한 마리가 그 대화를 들었습니다. 나이팅게일은 소년이 슬퍼하는 모습을 보고 불쌍한 그를 돕기로 했어요. 처음에는 아름다운 노래를 불러주려다가, 그러면 소년의 외로움에 서글픔을 더해줄 수 있으니 그러지 않는 편이 낫겠다고 생각했습니다.

지나가던 나비가 무슨 일이냐고 묻자 나이팅게일이 대답했습니다.

"그는 사랑 때문에 고통받고 있어. 붉은 장미를 찾아야 해."

"사랑 때문에 고통받는다니 우습네." 나비가 말했습니다.

하지만 나이팅게일은 소년을 돕기로 결심했습니다. 어느 넓은 정원 한가운데에 흰 장미가 가득 핀 장미나무가 있었습니다.

"붉은 장미 한 송이만 주세요."

그러나 장미나무는 예전에는 장미가 붉은색이었으나 이제는 흰색이 되었다면서 다른 나무를 찾으라고 했습니다.

나이팅게일은 나무의 말대로 했습니다. 그리고 멀리 날아가서 늙은 장미나무를 찾아냈습니다. 그러고는 붉은 장미 한 송이만 주세요, 하고 부탁했습니다.

"나는 그러기에는 너무 늙었단다." 늙은 나무가 대답했습니다. "겨울이 내 잎맥을 얼렸고, 태양이 내 꽃잎을 시들게 했어."

"한 송이만요." 나이팅게일이 애원했습니다. "방법이 있을 거예요!"

그랬습니다, 방법이 하나 있었습니다. 하지만 너무 끔찍하다며 나무는 말하려 들지 않았습니다.

"나는 두렵지 않아요. 붉은 장미를 얻으려면 내가 뭘 해야 하는지 말해줘요. 붉은 장미 딱 한 송이요."

"밤에 여기로 돌아와서 나에게 나이팅게일들이 아는 가장 아름다운 노래를 들려주며 내 가시에 네 가슴을 찌르려무나. 그 피가 나의 잎맥으로 흘러들어 장미를 붉게 물들일 거야."

사랑의 이름으로 자기 목숨을 희생할 가치가 있다고 믿은 나이팅게일은 그날 밤 그 일을 했습니다. 달이 뜨자마자 가시로 자기 가슴을 찌른 채 노래하기 시작했습니다. 먼저 사랑에 빠진 남녀에 대한 노래를 불렀습니다. 이어서 사랑을 위해서는 어떤 희생이든 감내할 수 있다는 노래를 불렀습니다. 그렇게 달이 하늘을 가로지르는 동안 나이팅게일은 노래했고, 그 나무에 핀 가장 아름다운 장미가 나이팅게일의 피로 물들면서 붉게 변해갔습니다.

"서둘러라." 장미나무가 말했습니다. "곧 해가 뜰 거야."

나이팅게일은 가시가 박힌 가슴을 더욱 깊숙이 짓눌렀고 그 순간 가시가 그의 심장에 닿았습니다. 그래도 새는 장미가 완전히 붉게 물들 때까지 노래를 계속했습니다.

기진맥진하여 자신이 곧 죽을 거라는 사실을 안 나이팅게일은 가장 아름다운 붉은 장미 한 송이를 들고 소년에게 전하러 갔습니다. 그리고 소년의 창가에 도착해 꽃을 내려놓고는 죽어버렸습니다.

소년이 그 소리를 듣고 창문을 열자, 거기에 그가 세상에서 가장 바라던 것이 놓여 있었습니다. 아침이 밝아오고 있었습니다. 그는 장미를 들고 사랑하는 소녀의 집으로 달려갔습니다.

"여기 당신이 원하던 게 있어요." 그가 땀에 젖은 채 기뻐하며 말했습니다.

"내가 원하던 게 아니에요." 소녀가 대답했습니다. "이 꽃은 너무 커서 내 드레스를 가릴 거예요. 게다가 이미 다른 이와 오늘밤 무도회에 가기로 했답니다."

실망한 소년은 돌아오는 길에 장미를 배수로에 내던졌고, 장미는 곧 지나가던 마차에 뭉개지고 말았습니다. 그리고 그는 자신이 줄 수 없는 것을 요구하는 법이 결코 없는 그의 책들에게로 돌아갔습니다.

나의 삶도 이와 같았습니다. 나는 모든 것을 주고 죽어버린 나이팅게일이었습니다.

존경을 담아,

마타 하리 올림

(오래전 부모님이 지어준 마르하레타 젤러라는 이름으로 알려져 있고, 결혼 후 남편의 성을 따라 마클레오트 부인으로 불려야 했으며, 결국 독일인들에게 단돈 2만 프랑에 매수되어 모든 글에 H21로 서명한)

A ESPIÃ

3부

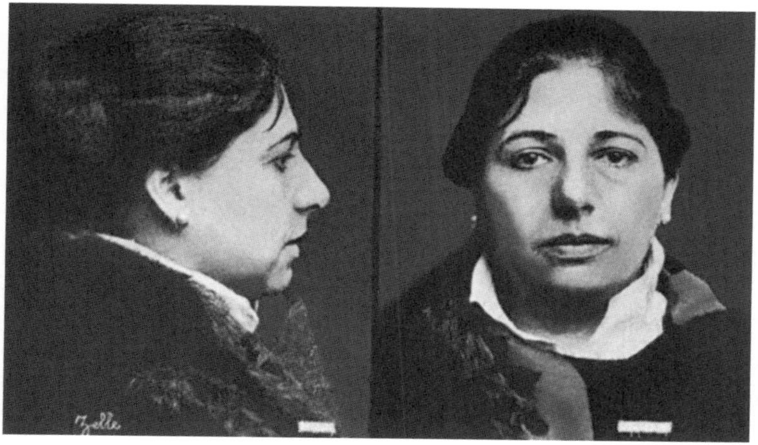
Zelle

1917년 10월 14일, 파리

친애하는 마타 하리,

당신은 아직 모르시겠지만 당신의 사면 청원은 대통령에게 받아들여지지 않았습니다. 그래서 나는 내일 새벽 당신을 만나러 갈 것이고 그것이 우리가 서로를 보는 마지막이 될 것입니다.

이제 내게는 기나긴 열한 시간이 남아 있고 나는 오늘밤 단 한숨도 자지 못하리라는 걸 알고 있습니다. 그래서 나는 지금, 당신은 결코 읽지 못할 이 편지를 당신 앞으로 쓰고 있고, 이를 사건 규명을 위한 마지막 의견서로 제출하고자 합니다. 비록 이 편지가 법률적으로는 아무런 효력이 없을지라도, 적어도 내가 살아 있는 동안 당신의 명예가 회복될 수 있길 바랍니다.

내 무능한 변호를 두고 변명할 생각은 없습니다. 실제로 나는 당신이 보낸 편지에서 여러 번 나를 비난한 것처럼 형편없는 변호사는 아니기 때문이죠. 내가 저지르지 않은 죄에 대한 책임에서 벗어날 수 있길 바라는 마음으로, 나는 그저 지난 몇 달간 닥친 시련을 돌이켜보고 싶습니다. 그것은 나 홀로 감내한 시련은 아니었습니다. 비록 한 번도 고백한 적은 없지만 한때 사랑했던 여인을 구해내려고 나는 백방으로 노력했지요.

이건 나라 전체가 겪는 시련입니다. 지금 이 나라에는 전쟁에서 자식을 잃지 않은 가족이 한 집도 없습니다. 그리고 바로 그런 이유 때문에 나로서는 이 나라에서 일어나리라고 상상도 못 했던 부당하고 잔혹한 행위가 벌어진 것입니다. 지금 이 글을 쓰고 있는 순간에도 여기서 200킬로미터 떨어진 곳에서는 결코 끝나지 않을 것처럼 보이는 전투들이 벌어지고 있습니다. 그중 가장 피비린내 나는 처절했던 대규모 전투는 우리의 무지로 인해 시작되었습니다. 20만 명의 용맹한 군인들이, 탱크와 중무기로 무장하고 수도를 향해 진격해오던 100만 명이 넘는 독일 군인들을 격퇴시킬 수 있을 거라고 판단한 것입니다. 하지만 우리 군인들이 엄청난 피를 흘리고 수천 명의 사상자가 발생한 가운데 용감하게 저항했음에도, 전선은 1914년 독일인들이 공격을 시작한 그곳에 그대로 머물러 있습니다.

친애하는 마타 하리, 당신이 저지른 가장 큰 실수는 옳은 일을 하기 위해서 잘못된 사람을 만났다는 것입니다. 당신이 파리에 오자마자 접촉한 조르주 라두 첩보부 사령관은 정부로부터 낙인 찍힌 사람이었습니다. 그는 오늘날까지 우리를 부끄럽게 만드는 오심誤審 사건, 무고한 사람을 파면하고 유형을 보낸 드레퓌스 사건의 책임자 중 한 사람입니다. 그가 사건과 연관되었다는 정황이 밝혀진 후에도, 그는 "적의 다음 행보를 알아내는 것에 그치지 않고, 적이 우리 아군을 교란하지 못하도록 미리 막는 것"이 자신의 일이라며 행동을 정당화하려 했습니다. 그는 진급을 노렸으나 뜻대로 되지 않았습니다. 그는 원통해했고, 정부 당국으로부터 다시 좋은 평가를 받기 위해 세상 사람들의 관심을 모을 이슈가 시급히 필요했습니다. 그리고 그러기 위해서, 관료 부인들의 부러움의 대상이고, 불과 몇 년 전까지 엘리트들에게 추앙받다가 이제는 그들의 혐오의 대상이 된, 모두에게 잘 알려진 여배우보다 더 적합한 사람이 누가 있었을까요?

국민들이 베르됭, 마른, 솜 전투에서 발생한 전사자들을 애도

하는 데 빠져 있지 않도록 그들의 관심을 돌릴 필요가 있었습니다. 일종의 승리로요. 그걸 알고 있던 라두는 당신을 처음 만난 그 순간 불명예스러운 거미줄을 치기 시작했습니다. 당신과의 첫번째 만남에 대해 그는 다음과 같이 기록했습니다.

그녀는 무대에 등장하는 사람처럼 내 사무실로 들어왔고 화려한 의상을 과시하며 나에게 깊은 인상을 남기려 했다. 내가 앉으라고 권하지도 않았는데 의자를 끌어와서 내 책상 앞에 앉았다. 그러고는 헤이그에서 독일 영사에게 받은 제안에 대해 털어놓고 나서 프랑스를 위해서 일할 준비가 되어 있다고 말했다. 그녀는 자신을 미행한 우리 요원들을 조롱하면서 이렇게 말하기까지 했다.

"저 아래에 있는 당신 친구들이 잠시라도 날 좀 혼자 내버려둘 수 없을까요? 내가 호텔을 나설 때마다 방안에 들어와서 구석구석 뒤진다고요. 카페에라도 가게 되면 반드시 옆자리에 앉아 있는 그 사람들 때문에 내가 오랜 시간 공들인 인간관계가 위협받고 있어요. 요즘 내 친구들은 사람들 있는 곳에서 나와 함께 있으려고 하지 않아요."

내가 어떤 방식으로 프랑스를 위해 일하고 싶은지 묻자 그녀는 당돌하게 대답했다. "그거야 알고 계실 텐데요. 독일인들에게 나는 H21인데, 나라를 위해 비밀리에 일하는 이들을 위한 작명 센스는 아마도 프랑스인이 그보다는 낫겠죠."

그래서 나는 에둘러서 이렇게 질문했다.

"당신이 하는 일은 무척 비싼 값을 요구한다고 알려져 있어요. 이 일에는 얼마가 들지요?"

"전부 아니면 제로." 그것이 그녀의 대답이었다.

그녀가 떠나자마자 비서에게 마타 하리에 대한 자료 일체를 가져오게 했다. 우리가 많은 시간과 비용을 들여 입수한 자료를 모두 읽었지만 그녀의 유죄를 입증할 만한 대목은 아무것도 찾을 수 없었다. 아마 그 여인이 우리 요원들보다 영리해서 자신의 범죄 행위를 잘 감추었던 것으로 보인다.

다시 말하면, 설령 당신에게 잘못이 있었다고 하더라도 그들은 범죄 사실을 입증할 만한 증거를 전혀 발견하지 못했다는 것입니다. 첩보부 요원들은 날마다 당신 행적을 기록했는데, 당신이 독일의 공습에서 머스터드가스로 인해 실명한 러시아인 애인과 함께 비텔에 갔을 때, 그들이 쓴 '보고서'는 기가 막혀 웃음이 날 지경입니다.

호텔 투숙객들은 그녀가 자기보다 스무 살은 어려 보이는 상이용사와 항상 같이 다니는 모습에 익숙하다. 그녀의 넘치는 활기와 걸음걸이로 볼 때 모르핀이나 코카인 같은 마약을 사용하는 것이 확실하다.

그녀는 투숙객 중 한 사람에게 자기가 네덜란드 왕실 사람이라고 했다. 또다른 사람에게는 뇌이에 저택을 갖고 있다고 했다. 한번은, 우리가 저녁을 먹고 돌아왔는데 그녀가 호텔 메인홀에서 한 무리의 젊은이들을 관객으로 두고 노래를 부르고 있었다. 그녀의 유일한 목적은, 그녀가 '파리 공연계의 유명스타'인 줄 알고 있는 순진한 처녀 총각 들을 교란시키는 것이 틀림없었다.

애인이 전선으로 돌아간 후에도 그녀는 두 주간 더 비텔에 머물면서 늘 혼자 산책하고 점심과 저녁을 먹었다. 우리는 그녀가 적국의 공작원과 접촉하는 모습은 전혀 발견하지 못했지만, 수상쩍은 의도를 감춘 게 아니라면 누가 홀로 온천 호텔에 머문단 말인가? 우리가 하루 24시간 감시하고 있음에도 불구하고 그녀는 우리의 감시망을 피할 방법을 찾아냈음이 분명하다.

친애하는 마타 하리, 그렇다면 그때부터 가장 비열한 음모가 시작된 겁니다. 당신에게는 보다 신중하고 유능한 독일 요원의 미행도 붙어 있었습니다. 당신이 라두 사령관을 방문한 그날 그들은 당신이 이중간첩이 되려 한다고 결론지었습니다. 당신이 비텔에 머무는 동안, 헤이그에서 당신에게 독일 스파이 임무를 맡긴 크라머 영사는 베를린에서 조사를 받고 있었습니다. 그는 통상적으로 신중하고 사실상 사람들 눈에 잘 띄지 않아야 할 전형적인 스파이와는 전혀 다른 인물에게 2만 프랑을 지불한 사실에 대해 추궁당했습니다. 왜 굳이 그토록 유명한 인물을 독일의 전쟁을 위해 끌어들였는가? 혹시 크라머 영사 역시 프랑스와 내통했는가? 그렇게 시간을 많이 줬음에도 불구하고 어떻게 공작원 H21에게서 '단 한 건'의 첩보도 들어오지 않은 것인가? 더구나 다른 요원들이, 주로 대중교통 안에서 그녀에게 접근해 넘겨줄 정보가 혹시 한 건이라도 있는지 물어보면 그녀는 번번이 매혹적인 미소를 지으며 아직 아무것도 없노라고만 대답했는데, 이에 대해 할말이 있는가?

그런데 그들은 마드리드에서, 당신이 적국의 첩보부 수장인 그빌어먹을 라두 사령관에게 보낸 편지를 중간에 가로챘습니다.

그리고 그 편지에는 마침내 감시망을 피해 당신에게 접근한 어느 독일 고위 장교와의 만남에 대해 자세히 쓰여 있었지요.

그는 내가 무엇을 해냈는지 물었습니다. 혹시 내가 투명 잉크로 편지를 써 보냈는데 중간에 분실된 건 아니냐고요. 나는 아니라고 대답했습니다. 그리고 내가 알아낸 인사의 이름을 묻기에 나는 알프레트 키퍼트의 이름을 대며 그와 잤다고 말했습니다.

그러자 그는 분노에 차서, 내가 누구와 잠을 자는지는 관심이 없다고, 그런 게 필요했으면 영국인, 프랑스인, 독일인, 네덜란드인, 러시아인 이름들로 페이지마다 꽉꽉 채워야 했을 거라며 나에게 소리쳤습니다. 나는 그의 비난을 무시했고, 잠시 후 그는 진정하고는 나에게 담배를 권했습니다. 나는 유혹적인 몸짓으로 다리를 움직이기 시작했습니다. 그는 뇌가 완두콩만한 여자 앞이라고 생각했는지, 자기도 모르게 정보를 흘렸습니다. "지나친 행동, 미안합니다. 내가 좀 피곤해요. 독일과 터키에서 모로코 해안으로 운반중인 탄약이 무사히 도착할 수 있도록 준비하는 데 온 정신을 집중해야 하거든요." 그 밖에도 나는 크라머가 나에게 약속한 5천 프랑을 요구했습니다. 그러자 그는 자기에게 그럴 권한이 없다면서 그에게 그 건을 처리하도록 요청하겠다고 했습니다. "우리는 빚을 지면 꼭 갚습니다"라고 그는 말했습니다.

그렇게 독일인들의 의심은 마침내 사실로 확인되었습니다. 크라머 영사에게 무슨 일이 있었는지는 알 수 없으나, 결론적으로 그들에게 마타 하리는 그때껏 아무런 정보도 제공해준 바 없는 이중간첩이었습니다. 우리는 에펠탑 꼭대기 층에 전파감시국을 두고 있지만 오가는 정보 대부분이 암호화된 상태라 읽을 수 없습니다. 라두는 당신의 편지를 읽었지만 전혀 믿지 않은 것 같았습니다. 그가 모로코 해안에 도착할 탄약에 대해 확인하도록 누군가를 보냈는지 여부는 알 수 없었습니다. 하지만 마드리드에서 베를린으로 보내졌다는 전보 한 통이 갑자기 나타났고, 프랑스인들이 해독할 수 있다는 걸 이미 알았을 법한 암호로 작성된 독일측 전보에는 당신의 코드명 말고는 아무것도 없었지만, 그것이 당신을 간첩 혐의로 기소하는 데 필요한 결정적 증거가 되었습니다.

공작원 H21 모로코 해변 도착 예정. 잠수함에 대해 연락받음. 마른까지 탄약 운반 작업 지원 계획. 현재 파리로 가는 중. 내일 아침 도착 예정.

라두는 이제 당신을 죄인으로 모는 데 필요한 증거를 확보한 셈이었습니다. 하지만 그도 바보가 아니기에 단순한 전보 한 통만으로 전쟁 법정에서 당신의 유죄판결을 이끌어낼 수 있으리라고 생각하지는 않았을 것입니다. 더욱이 서명도 날짜도 없는 서류 한 장 때문에 죄 없는 한 남자가 유죄판결을 받았던 드레퓌스 사건이 모두의 기억 속에 아직 생생할 테니까요. 그러니 그에겐 다른 함정들이 더 필요했을 것입니다.

무엇이 나의 변호를 무용지물로 만들었을까요? 증인들과 검찰측은 물론, 판사들마저 이미 입장이 확고했고 당신은 별로 도움이 되지 않았습니다. 당신을 탓할 수는 없습니다만, 파리에 처음 왔을 때부터 줄곧 이어져온 듯한 당신의 거짓말쟁이 성향이 당신이 판사에게 한 모든 발언의 신뢰도를 떨어뜨렸습니다. 검찰은 당신이 네덜란드령 동인도에서 태어나지 않았고 인도네시아 사제들에게 교육받지 않았고 미혼이 아니었으며, 실제보다 나이를 낮추려고 여권을 위조했다는 구체적인 근거가 담긴 자료들을 제시했습니다. 평화로운 때라면 그런 것들이 문제되지 않았겠지만, 전쟁 법정에서는 바람에 실려오는 폭탄 소리가 벌써 들리는 것 같았습니다.

그래서 내가 "그녀는 여기 도착하자마자 라두 사령관을 찾아갔다"는 식의 논증을 펼 때마다 라두는 당신의 유일한 목적이 그저 돈을 더 받아내고, 당신의 매력으로 자신을 유혹하는 것이었다며 반박했습니다. 그건 용서할 수 없는 오만을 드러내는 말이었습니다. 작달막한 키에 몸무게는 당신의 두 배는 되는 사람을 당신이 유혹하고 싶어할 거라고 생각하다니요. 그리고 그는 당신이 자신을 독일군 손에서 놀아나는 꼭두각시로 만들려 했다고도 진술했습니다. 그는 그 사실을 뒷받침하고자, 당신이 도착하기도 전에 발생한 체펠린* 공격에 대해 언급했습니다. 그 공격은 전략적 요충지를 전혀 건드리지 못한, 적군의 진정한 실패작이었지만 라두에게 그 건은 간과되어서는 안 될 증거였습니다.

당신은 아름다웠고 세계적으로 유명했으며, 당신이 드나들던 사교계에서 존경받은 적은 없을지라도 항상 부러움의 대상이었습니다. 내가 잘 알지는 못하지만, 거짓말쟁이들은 인기와 인정을 좇는 자들입니다. 그들은 진실과 직면할 때조차, 방금 전 한 말을 태연하게 되풀이하거나 고발자야말로 거짓을 말하고 있다

* 독일 군인 페르디난트 체펠린이 발명한 경식 비행선으로, 1차세계대전 당시 독일이 적국의 폭격에 사용했다.

고 책임을 돌리는 식으로, 언제나 빠져나갈 방법을 찾아냅니다. 불안감 때문이었는지 혹은 어떻게든 사랑받고 싶다는, 거의 노골적이다시피 한 당신의 욕망 때문이었는지 모르지만, 스스로에 대한 환상적인 사연을 만들어내고 싶어했던 마음은 이해합니다. 다른 사람을 조종하는 일에 전문가인 많은 남자들을 다루기 위해서는 약간의 환상이 필요했을 겁니다. 하지만 그건 용서받을 수 없고 그게 현실입니다. 그래서 당신이 지금 그 자리에 있게 된 것입니다.

당신이 독일 황제의 아들인 'W. 왕자'와 잠자리를 함께한 사이라고 말하고 다녔다는 걸 알았습니다. 나는 독일에 지인들이 있는데, 그들 모두 당신은 왕자가 전쟁중에 머물렀던 왕궁 100킬로미터 근처에도 간 적이 없다고 입을 모았습니다. 당신은 독일 최고위원회의 인사들을 많이 알고 있다고 과시했고 그걸 모두의 귀에 들리도록 큰 소리로 떠들었습니다. 친애하는 마타 하리, 어느 분별 있는 스파이가 적 앞에서 그런 바보짓을 하겠습니까? 하지만 당신의 명성이 기울고 있던 시점에 사람들의 관심을 받으려는 당신의 욕망은 상황을 악화시키고 말았습니다.

당신이 피고인석에 있을 때, 거짓말을 한 사람은 그들이었지만 나는 대중적으로 신뢰를 잃은 사람을 변호했습니다. 당신이 말한 사실과 의도적으로 끼워넣은 거짓말을 섞어서 검사가 작성한 고발 목록은 처음부터 한심하기 짝이 없었습니다. 마침내 당신이 어려운 상황에 처했다는 걸 스스로 깨닫고 나를 변호사로 선임했을 때, 그들이 보낸 자료를 보고 나는 놀라움을 금치 못했습니다.

그 고발 내용 중 일부는 다음과 같습니다.

1) 젤러 마클레오트는 독일 정보부 소속이며 그곳에서 H21이라는 코드명으로 불림. (사실)

2) 전쟁 발발 후 두 차례 프랑스 방문. 이는 적국에 제공할 정보 취득을 목적으로 상부의 지령에 따랐음이 확실함. (당신은 하루 24시간 라두의 부하들한테 미행당했는데 어떻게 그런 일을 할 수 있었을까요?)

3) 두번째 방문에서 프랑스 첩보부를 위해 일하겠다고 제안했으나, 사실은 나중에 드러난 것처럼 스파이 활동중 모든 것을 독일과 공유. (두 가지 오류가 있음: 당신은 헤이그에서 전화를 걸어 라두와 만날 약속을 했고, 그와의 만남은 첫번째 방문 때였음. 또한 독일 정보부와 비밀을 '공유'했다는 그 어떤 증거도 밝혀진 바 없음.)

4) 두고 온 옷을 가져온다는 구실로 독일에 돌아갔으나 가지고 돌아온 것은 아무것도 없었고, 영국 정보부에 의해 간첩 혐의로 체포됨. 라두 사령관과의 면담을 요청했으나 사령관은 그녀의 신분 확인을 거부. 구속의 근거나 증거 불충분으로 스페인으로 추방되었고, 즉시 독일 영사관으로 향하는 모습이 우리 요원들에게 목격됨. (사실)

5) 곧이어 비밀 정보를 갖고 있다는 구실로 마드리드의 프랑스 영사관으로 찾아가, 독일과 터키에서 보낸 적군의 탄약이 모로코를 통해 반입되고 있다는 소식을 전함. 우리는 그녀가 이중간첩임을 알고 있었으므로, 함정임이 틀림없는 일에 아무도 보내지 않기로 함…… (???)

열거할 가치도 없는 비상식적인 내용들이 그런 식으로 이어지다가, 공개된 채널, 즉 이미 해독된 암호로 쓰인 전보에서 절정을 이룹니다. 그 전보는 후에 크라머가 독일 취조관에게 털어놓은 대로 "독일의 한심한 스파이 선발 가운데서도 최악의 선택"이었던 여인을 영원히 매장시키려는 의도로 제시된 것이었습니다. 심지어 라두는 H21은 당신이 지어낸 이름이고 실제 코드명은 H44였으며, 당신이 안트베르펜과 네덜란드, 그리고 프로일

라인 독토어, 일명 '여박사'라고 불리는 슈라그뮐러*의 유명한 스파이 학교에서 훈련받았다고 주장하기까지 했습니다.

전쟁에서 제일 먼저 희생되는 것은 인간의 존엄입니다. 앞서 말한 것처럼, 프랑스 군대의 능력이 이 정도라고 과시하고, 전장에서 스러져간 수많은 젊은이들로부터 사람들의 관심을 돌려놓기 위해 당신이 구속될 필요가 있었습니다. 평화로운 때였다면 누구도 그런 헛소리를 증거로 채택하지 않았을 것입니다. 그러나 전시였으므로, 판사가 다음날로 당신을 감옥에 보내기에 충분한 이유가 되었던 것입니다.

우리 사이의 연락책이 되어준 폴린 수녀님은 감옥에서 일어난 일들을 모두 그때그때 알려주려 합니다. 한번은 조금 상기된 얼굴로, 당신 기사가 나온 스크랩 앨범을 보여달라고 당신에게 청했다고 말했습니다.

"내가 보고 싶어서 그랬어요. 순진한 수녀의 위신을 떨어뜨리려 했다고 그녀를 비난하지 마세요."

내가 어떻게 당신을 비난하겠습니까? 하지만 그날부터 나도 당신에 대한 기사를 모아 앨범을 만들기로 했고, 그건 다른 어떤

---

* 엘스베트 슈라그뮐러. 1차세계대전에 활동했던 독일의 유명한 스파이.

의뢰인을 위해서도 한 적 없는 일이었습니다. 당신의 사건은 프랑스 전역에 걸쳐 화제였기에, 사형선고를 받은 위험한 스파이에 대한 뉴스는 부족할 날이 없었습니다. 드레퓌스 사건과는 달리 아무도 당신의 목숨을 구하기 위해 연판장을 돌리거나 대중 시위를 벌이지 않았습니다.

지금 내 옆에 그 앨범이 펼쳐져 있습니다. 구속영장 심사 다음 날 있었던 일들을 상세하게 묘사해놓은 앨범 속 신문 기사에서 내가 발견한 오류는 당신 국적에 대한 부분뿐이었습니다.

러시아 스파이 마타 하리가 외교부를 방문, 눈에 중상을 입었음에도 전투 복귀령을 받은 그녀의 애인을 만나러 가기 위해 전선으로의 접근 허가를 요청했다. 그녀는 동부 전선에서 일어나고 있는 일을 전혀 모르는 것처럼 위장, 베르됭을 주소지로 적어냈다. 스스로 선과 악을 초월한 존재로 여기며 늘 프랑스 첩보부의 행보를 알고 있었기에, 제3전쟁위원회에 자신의 재판이 계류중임을 무시하거나 현재 벌어지고 있는 일에 무관심한 척했다. 외교부는 그녀에게, 논의중인 서류들이 아직 도착하지 않았지만 장관이 직접 사안을 다루고 있다고 알렸다.

구속영장은 기자들의 출입이 제한된 비공개 심사 막판에 발부

되었다. 이 과정의 세부 사항은 재판이 끝나는 대로 일반에 알려질 예정이다.

국방부 장관은 이미 사흘 전 파리 군사령관에게 구속영장—문서 번호 3455-SCR 10—을 발송했으나 구속이 실행되려면 기소가 공식화될 때까지 기다려야 했다.

제3전쟁위원회의 검사가 지휘하는 5인의 수사반이 엘리제 팔라스 호텔 131호실로 들이닥쳤을 때 피의자는 실크 가운을 입고 아침식사를 하는 중이었다. 왜 그랬느냐고 묻자, 그녀는 일찍 일어나 외교부에 가야 했고 그 당시 몹시 배가 고팠노라고 대답했다.

피의자가 옷을 갈아입는 동안 수사반은 호텔방 안을 수색하여 대부분 여성복과 장신구인 엄청나게 많은 소지품을 찾아냈다. 그중에는 비텔로 가는 여행 허가서와, 1915년 12월 13일자 프랑스 유급 근로 허가서가 있었다.

그녀는 이 모든 것이 착오에 불과하다고 주장했다. 그리고 그날 밤 안으로 모든 걸 완벽한 상태로 돌려놓지 않을 경우 수사반을 고소할 거라며 자기 방에서 가져가는 물건들의 상세한 리스트를 작성하도록 요구했다.

우리 신문사만이 단독으로, 피의자와 제3전쟁위원회 피에르 부샤르동 검사가 대면했을 당시를 취재했다. 우리의 비밀 정보원은 후에 정체가 탄로나버린 위장 잠입자들의 말로에 대한 정보를 제공해왔는데, 정보원이 제공한 기록 전문에 따르면, 부샤르동 검사는 그녀에게 제기된 피의 사실을 전달했고 그 내용을 직접 읽도록 했다. 그후 변호사를 원하느냐는 그의 물음에 그녀는 단호히 거절했고 다음과 같이 말했다.

"하지만 나는 결백해요! 누군가 나를 갖고 장난치는 모양인데, 자주 있는 일은 아니었지만 프랑스 첩보부가 뭔가 요구할 때마다 내가 일해주었을 뿐이에요."

부샤르동 검사는 마타 하리에게 서류에 사인해달라고 했고 그녀는 흔연하게 서명했다. 정보원이 그 서류의 내용을 우리에게 전달했다. 마타 하리는 그날 오후면 편안한 호텔방으로 돌아가 '무수히 많은' 친구들과 즉시 연락할 것이며, 자신에게 제기된 터무니없는 혐의가 벗겨질 것이라고 믿고 있었다.

우리가 검사와의 단독 인터뷰를 진행하는 동안, 스파이 여인은 문제의 서류에 사인하자마자 바로 생라자르 교도소로 이송되었고, 극도의 흥분 상태가 되어 반복적으로 "나는 결백해! 나는 결백하다고!"라고 외쳤다.

"모두가 말했던 것만큼 아름다운 여인도 아니었지요." 검사가 말했다. "그녀는 양심과 연민이 철저히 결여되어 남자들을 조종하고 파괴하여 최소 한 명을 자살로 내몰았습니다. 내 앞에 있던 여인은 육체도 영혼도 모두 스파이였습니다."

이후 우리 취재진은 생라자르 교도소로 향했고, 우리가 도착했을 때에는 이미 다른 기자들이 모여 교도소장과 질의응답을 하고 있었다. 마타 하리의 미모가 시든 지 오래라는 데 교도소장은 부샤르동 검사 그리고 우리와 의견 일치를 보는 듯했다.

"그녀는 사진 속에서나 여전히 아름답지요." 그가 말했다. "오늘 여기 들어온 사람은 오랜 세월 지속한 방탕한 생활로 인해 눈가에 다크서클이 깊고 머리 뿌리는 세기 시작했으며 '나는 결백해!'라는 말만 외치는 이상행동을 보이고 있는데, 마치 생리적인 이유로 여자들이 자기 행동을 통제하지 못하는 시기에 있는 것 같았습니다. 이전에 그녀와 친밀한 관계를 가졌던 내 몇몇 친구들의 형편없는 취향에 나도 놀랐습니다."

이 사실은 교도소 의사 쥘 소케 씨에 의해 확인되었다. 의사는 그녀에게 아무런 병이 없고 열도 나지 않으며 혀를 통해서는 위장병 문제가 보이지 않고 청진 결과 폐와 심장에도 이상 증세가 없다고 진술하는 한편, 그녀를 생라자르의 감방에 수감하기 전에 그녀가 월경중이므로 해당 구역 담당 수녀들로 하여금 그녀에게 생리대 수건을 제공토록 요청했다.

그리하여 '파리의 토르케마다*'라고 불리는 사람에게서 수없이 많은 심문을 받은 후에야 당신은 내게 연락을 취했고, 나는 생라자르 교도소로 당신을 만나러 갔습니다. 하지만 이미 늦은 후였습니다. 당신이 한 수많은 진술 때문에, 아내의 외도 사실이 파리 시민 절반에게 알려진 그 남자의 눈에 당신은 더욱 유죄로 보일 터였습니다. 친애하는 마타 하리, 그런 남자는 정의 대신 복수를 찾아 헤매는, 모든 사람들의 눈에 깃들어 있는 피투성이 괴물과도 같습니다.

* 토마스 데 토르케마다(1420~1498). 스페인의 초대 종교재판장으로, 취임 후 18년 동안 11만 명을 이단으로 고발하고 1만여 명을 처형했다.

교도소에 도착하기 전에 당신의 진술들을 읽어보니 당신은 결백을 주장하기보다 자신의 중요성을 드러내는 데 치중하고 있었습니다. 당신은 당신의 영향력 있는 친구들, 국제적인 성공, 객석을 가득 메운 극장에 대해 말하기보다는 정확히 그 반대로, 첩보부 사령관 자리를 놓고 동료들과 벌이던 내부 경쟁에 당신을 이용한 라두 대위의 희생양이고 피해자였다는 사실을 입증했어야 합니다.

폴린 수녀님에게 들었습니다. 심문을 받고 진술하고 감방으로 돌아온 날이면 당신은 하염없이 울었고, 그 악명 높은 교도소 안에 들끓는 쥐떼가 무서워 잠을 이루지 못했다고요. 오늘날 그 교도소는 당신처럼 스스로 강하다고 생각하는 여인들의 정신을 무너뜨릴 때나 이용되지요. 수녀님은 당신이 재판을 받기도 전에 충격을 받고 미쳐버릴지도 모른다고 했습니다. 당신은 아무와도 접촉할 수 없는 독방에 수감된 것이나 다름없었기에, 환경은 열악하지만 적어도 누군가와 대화할 수 있는 감옥 병원에 입원시켜달라고 몇 번이나 요청했습니다.

그러는 사이 고발자들은 당신의 소지품에서 범죄를 입증할 만한 물건이 아무것도 나오지 않자 당황하기 시작했습니다. 기껏 찾았다는 것이 명함 여러 장이 들어 있는 가죽 지갑 하나가 다였습니다. 부샤르동 검사는 수년간 당신에게 관심을 애걸했던 지도층 인사들을 한 명 한 명 찾아가 조사하도록 지시했지만, 그들 모두 당신과 친밀한 관계는 전혀 없었다고 부인했습니다.

모르네 검사의 진술은 거의 애처로울 지경입니다. 증거가 부족하자 그는 급기야 이런 주장을 펼쳤습니다.

> 젤러는 오늘날 우리가 볼 수 있는 위험한 타입의 여성이다. 특히 유창한 프랑스어를 비롯한 여러 외국어 구사 능력, 모든 영역에 걸친 다양한 인간관계, 사회집단으로 교묘하게 파고드는 재능, 우아한 기품, 뛰어난 지능, 부도덕함 등 이 모든 것이 그녀를 잠재적인 피의자로 보이게 한다.

흥미롭게도, 심지어 라두 대위까지 당신에게 유리한 진술서를 쓰기에 이르렀습니다. '파리의 토르케마다'에게 밝힐 것이 전혀 없다고요. 그리고 덧붙였습니다.

> 그녀가 적국에 협조했음은 명백하지만 우리가 그 혐의를 입증해야 하는데, 제게는 그 사실을 뒷받침할 증거가 아무것도 없습니다. 심문을 위해 결정적인 증거가 필요하시다면 그 서

류들을 보관하고 있는 국방부에 문의하시는 편이 낫겠습니다. 제 생각에는, 우리가 사는 지금 이 시대에 여행을 할 수 있고 수많은 장교들과 접촉하는 사람이라는 그 사실 자체가 이미 충분한 증거라고 확신합니다. 그와 관련해 문서로 작성된 증거는 전혀 없고, 그게 전쟁 법정에서 인정된 주장은 아닐지라도 그렇습니다.

너무나 피곤해서 혼란스럽기까지 합니다. 나는 지금 쓰고 있는 이 편지를 당신에게 전달할 것이고, 언젠가 상처가 아문 후에 우리는 함께 과거를 돌아보게 될 것이며, 어쩌면 이 모두를 우리의 기억에서 지워버릴 수도 있을 거라고 생각합니다.

하지만 실은, 나로서는 생각할 수 있는 모든 것, 할 수 있는 모든 노력을 다 했다고 스스로 납득하기 위해 이 글을 쓰고 있습니다. 처음에는 당신을 생라자르 교도소에서 석방시키려 했고, 그 다음에는 당신의 목숨을 구하려고 했고, 최종적으로는 판결의 부당함을 고발하는 책을 쓰려고 합니다. 여자라는 죄로, 자유로운 영혼이었다는 더 큰 죄로, 대중 앞에서 옷을 벗었다는 막중한 죄로, 수단과 방법을 가리지 않고 자기 평판을 유지해야 하는 남자들과 관계를 가졌다는 위험한 죄로, 당신은 부당하게 희생되었습니다. 그들의 평판은 당신이 프랑스 혹은 세상에서 영원히 사라질 경우에만 유지될 수 있겠지요. 여기서 내가 부샤르동에게 보낸 편지와 제안에 대해 쓰고, 네덜란드 영사를 만나려고 했던 나의 시도들, 라두의 실수를 나열하는 것은 아무 소용이 없습니다. 증거 불충분으로 수사가 중단될 뻔하자 라두는 당신의 유죄를 속속들이 입증할 자료로서 독일측의 전보 총 스물한 통을 확보했다고 파리 군사령관에게 알렸습니다. 그런데 그 전보에 무엇이 쓰여 있었을까요? 진실입니다. 당신이 파리에 도착했을 때 라두를 찾아갔고, 당신 몫의 활동비를 받았고, 당신이 돈을 더 요구했고, 당신에게 고위층 애인들이 있었다는 사실, 그러나 우리측 활동이나 병력의 이동에 대한 기밀 정보라고는 '아무것도', 완벽히 아무것도 없었다는 사실이 담겨 있었습니다.

안타깝게도, 범죄적 조항인 '국가보안법'이 공포된 후였고 많은 수사 과정에 피고인 변호사의 참석이 허락되지 않았기 때문에, 나는 당신과 부샤르동 검사 사이에 오간 모든 대화를 지켜볼 수는 없었습니다. 법의 일탈은 항상 '국가의 안보'라는 이름으로 정당화됩니다. 하지만 나는 고위직 친구들을 통해서 당신이 라두 대위를 격렬하게 몰아붙였다는 이야기를 전해 들었습니다. 라두가 당신에게 이중 스파이로서 프랑스를 위한 스파이가 되도록 돈을 제공했을 때 당신은 그의 진정성을 믿었노라고 말하면서요. 그 시점에 독일인들은 당신에게 무슨 일이 일어날지 정확히 알고 있었고, 그들이 할 수 있는 것은 오직 당신을 더욱 곤경에 빠뜨리는 일뿐이라는 사실도 알고 있었습니다. 하지만 우리와는 달리 그들은 H21을 잊은 후였고, 머스터드가스, 화약 등 정말로 중요한 물자들과 사람들로 연합군을 저지하는 데 집중하고 있었습니다.

내일 새벽에 마지막으로 당신을 만나기 위해 방문할 그 교도소의 악명에 대해 나는 알고 있습니다. 원래는 나병 환자 수용소였고 이후 정신병 환자 수용소가 되었다가, 프랑스혁명 시기에 죄수를 수감하고 처형하는 장소로 바뀌었습니다. 위생이란 실질적으로 존재하지 않고, 바람이 들어오지 않으며, 환기되지 않는 역한 공기를 통해 질병이 퍼지는 곳입니다. 기본적으로 창녀들과, 가족들이 사회로부터 격리시키려는 사람들이 있는 곳입니다. 또한 수감자들은 인간 행동에 관심 있는 의학자들의 연구에 이용되기도 했는데, 그중 한 명이 다음과 같이 고발한 적이 있습니다.

이 젊은 여인들은 의사들과 윤리학자들에게 중요한 관심사다. 무방비 상태의 어린이들이 상속 분쟁으로 인해 일곱 살이나 여덟 살 나이에 '부모의 교정'이라는 명목 아래 이곳에 보내지는데, 그들은 부패와 매춘, 질병에 노출된 환경에서 유년 시절을 보내고, 열여덟이나 스무 살이 되어 출소할 때면, 더이상 계속 살아가거나 집으로 돌아갈 의지가 없다.

현재 수감되어 있는 당신의 감방 동료 중 한 명은 '여성 인권 운동가'로 불립니다. 그리고 심하게는 '반전주의자' '패배주의자' '반국가주의자'라고도 불립니다. 지금 언급한 엘렌 브리옹*이라는 수감자에 대한 비난은 당신을 향해 쏟아진 비난과 매우 흡사합니다. 독일에서 돈을 받았고, 군인들과 탄약 제조업자들과 서신을 주고받았고, 노조를 이끌었고, 노동자들을 통솔했으며, 여성과 남성의 동등한 권리를 주장하는 지하신문을 발행했습니다.

엘렌 역시 아마도 당신과 비슷한 운명에 처할 것 같지만 다를지도 모르겠다는 생각도 듭니다. 그녀는 프랑스인이고, 언론사에 유력한 친구들이 있으며, 모든 도덕군자들로부터 당신이 '단

* 프랑스 교사 노동조합 지도자이자 페미니스트.

테의 지옥'에 가야 마땅하다고 비난을 받는 이유인 유혹이라는 무기를 쓰지 않았기 때문입니다. 마담 브리옹은 남자 옷을 입었고 그것에 자부심을 가졌지요. 그뿐만 아니라 그녀는 부샤르동이 담당한 법정보다는 공정하다고 알려진 제1전쟁위원회에서 반역자로 기소되어 재판을 받았습니다.

나도 모르게 잠이 들었습니다. 지금 막 시계를 보니 마지막으로 당신을 만나러 그 참담한 감옥에 갈 시간이 세 시간밖에 남지 않았습니다. 내켜하지 않으면서도 당신이 나를 변호인으로 선임한 그날 이후 있었던 일을 모두 얘기하는 건 불가능합니다. 당신은 우리가 항상 자랑스러워했던 사법 체계의 그물에서 빠져나가는 데 당신의 결백만으로 충분하리라 생각했지요. 하지만 지금과 같은 전쟁 시기에는 그 사법 체계가 정의의 궤도에서 벗어나 있습니다.

창문가로 갔습니다. 자신들을 기다리는 운명이 무엇인지 모르는 채 군가를 부르며 오스테를리츠 역으로 향하는, 프랑스 전역에서 온 군인들을 제외하고 도시는 아직 잠들어 있습니다. 떠도는 소문 때문에 아무도 편안히 쉬지 못합니다. 오늘 아침에는 우리가 독일군들을 베르됭 너머로 밀어냈다는 말이 돌았습니다. 오후에는 불안을 조장하는 어느 신문에서 터키군이 벨기에에 상륙해 스트라스부르로 진격하고 있으며 최후의 공격을 퍼부을 거라고 했습니다. 우리는 하루에도 몇 번씩 환희와 절망 사이를 오갑니다.

당신이 체포된 1917년 2월 13일부터 처형 부대 앞에 서게 될 오늘까지의 일을 모두 다 말하는 것은 불가능합니다. 역사가 나와 내가 한 일을 정당하게 평가하도록 놔둡시다. 나로서는 확신할 수 없지만, 언젠가 당신 역시 역사 앞에 정당하게 평가받을 날이 올지도 모릅니다. 당신이 용서받지 못한 이유는 부당한 스파이 혐의 때문이기도 하지만 무엇보다 당신은 도덕적 관습에 겁없이 저항한 사람이었기 때문입니다.

그렇지만 일어난 일을 간략히 요약하자면 한 페이지면 충분할 겁니다. 그들은 당신의 돈의 출처를 추적하다가 곧 이 부분을 '기밀'로 처리했는데, 많은 고위직 남자들이 난처해질 것이라고 판단했기 때문이었습니다. 당신의 옛 애인들은 단 한 명의 예외도 없이 모두 당신을 모른다고 부인했습니다. 심지어는, 당신이 사랑했던 그 남자, 의혹과 위험을 무릅쓰고 비텔까지 가려고 한 이유였던 그 러시아인마저도 한쪽 눈을 붕대로 가린 채 법정에 나와 프랑스어로 쓴 진술서를 읽었는데, 그것은 오로지 모두의 앞에서 당신을 망신 주기 위해서였습니다. 당신이 쇼핑하던 가게들도 조사 대상이 되었고, 당신의 '친구들'이 선물로 사주고는 마음이 변해서 결제하지 않고 갑자기 연락을 끊었기 때문이라고 당신이 줄곧 주장했음에도 불구하고, 신문들은 끝내 당신이 지불하지 않은 외상 목록을 공개했습니다.

판사들 앞에서 부샤르동은 다음과 같이 주장했습니다. "성의 대결에서 남자들은 제아무리 어느 분야의 전문가라 하더라도 항상 쉽게 패배한다." 그리고 "전시에는 적국의 시민과 단순히 접촉만 하였어도 의심받고 처벌받아 마땅하다" 같은 어처구니없는 주장도 펼쳤습니다. 나는 당신이 품위를 갖추고 법정에 출두할 수 있도록 헤이그에 남겨둔 당신의 옷가지를 보내달라고 네덜란드 영사관에 편지를 썼습니다. 하지만 놀랍게도, 당신의 조국에서 재판에 관한 기사들이 빈번히 신문에 실렸음에도 불구하고 네덜란드 정부는 재판이 시작된 날에야 비로소 재판에 관해 공식 통보를 받았습니다. 어찌됐든 아무 도움이 되지 않았습니다. 그들은 이 사건이 국가의 '중립성'을 훼손할까봐 우려했습니다.

7월 24일, 헝클어진 머리에 색 바랜 옷을 입었지만 자신의 운명을 받아들이고 그들이 가하려는 모욕을 거부한다는 듯이 고개를 곧게 세우고 침착한 걸음으로 법정에 들어서는 당신을 봤습니다. 당신은 이제 전투의 종말이 다가왔고 남은 것은 존엄하게 떠나는 것뿐임을 알고 있었습니다. 며칠 전에 페탱 사령관은 전선에서 독일군 기관총 부대를 상대로 정면공격하길 거부했다는 이유로 수많은 프랑스 군인들을 반역자로 몰아 처형토록 했습니다. 프랑스인들은 판사석 앞에 선 당신의 태도에서 그 군인들의 죽음에 대해 항거하는 이의 자세를 보았습니다. 그리고……

이제 그만합시다. 남은 평생 나를 따라다닐 게 분명한 일을 곱씹어봐야 아무 소용 없습니다. 나는 당신과의 작별을 슬퍼할 것이고, 내가 불분명한 어느 시점에 저지른 실수나, 전시의 정의와 평화로운 시기의 그것이 동일하다고 여겼던 착각에 대한 부끄러움을 숨길 것입니다. 나는 이 십자가를 지고 가겠지만, 상처가 아물도록 염증이 생긴 부위를 건드리지 않으려 합니다.

하지만 당신을 고발한 자들은 훨씬 무거운 십자가를 짊어질 것입니다. 비록 오늘은 웃으며 서로 승리를 기뻐하고 있지만, 이 모든 촌극의 진실이 만천하에 드러나는 날이 올 것입니다. 그런 날이 오지 않는다 하더라도, 그들은 사람들의 관심을 돌려야 했기에 무고한 사람을 죄인으로 몰았다는 사실을 스스로 알고 있습니다. 우리의 혁명이 자유와 평등과 박애를 가져오기 이전에, 광장에 기요틴을 세워 여전히 빵이 부족한 이들에게 피로 즐거움을 선사했듯이 말입니다. 그들은 한 가지 문제에 다른 문제를 끌어들이며 해결책을 찾았다고 여겼겠지만, 사실은 끊어지지 않는 무거운 쇠사슬을 만들었을 뿐이고, 앞으로 남은 일평생 그 쇠사슬을 끌고 다녀야 할 것입니다.

* * *

언제나 매혹적이라 느껴온 그리스신화가 있는데 내 생각에 그 이야기가 당신의 이야기를 단적으로 보여주는 듯합니다. 옛날 옛날 아름다운 공주가 살았는데 그녀는 매우 독립적이었기에 모두가 그녀를 흠모하며 경외했습니다. 그녀의 이름은 프시케였습니다.

공주의 아버지는 딸이 노처녀로 늙을까봐 걱정이 되어 아폴론 신에게 도움을 청했고 아폴론은 다음과 같은 해결책을 제시했습니다. 공주가 혼자 상복을 입고 산꼭대기에 가야 한다고요. 그러면 동이 트기 전에 뱀 한 마리가 나타나 그녀와 결혼할 것이라고 했습니다. 신기하게도 당신을 찍은 가장 유명한 사진을 보면 당신 머리에 그 뱀이 있더군요.

다시 신화로 돌아와서, 그녀의 아버지는 아폴론이 시킨 대로 산 정상에 공주를 보냈습니다. 공주는 겁에 질린 채 추위에 떨면서 자신이 죽게 될 거라고 생각하며 잠들었습니다.

하지만 다음날 그녀는 아름다운 궁전에서 깨어났고 여왕이 되어 있었습니다. 밤이면 남편이 그녀를 찾아왔는데 그는 그녀에게 단 한 가지 약속을 지켜달라고 했습니다. 그것은 자신을 전적으로 믿고 결코 자기 얼굴을 보지 말라는 것이었습니다.

몇 달을 함께 보내면서 공주는 남편을 무척 사랑하게 되었습니다. 그의 이름은 에로스였습니다. 그들의 대화는 즐거웠고 잠자리는 황홀했으며 공주는 극진한 대접을 마땅히 누렸습니다. 그러는 동안에도 그녀는 자신이 실은 끔찍한 뱀과 결혼한 것이 아닐까 너무 두려웠습니다.

어느 날 더이상 궁금증을 참지 못한 공주는 남편이 잠들기를 기다렸다가, 이불을 살짝 들어올리고 촛불을 가까이 가져다댔고, 믿을 수 없이 아름다운 남자의 얼굴을 보았습니다. 하지만 불빛에 에로스는 잠에서 깨어났고, 그는 아내가 자신의 유일한 부탁을 들어줄 수 없었다는 사실을 알고 떠나버렸습니다.

이 신화를 떠올릴 때마다 나는 묻습니다. 사랑의 진짜 얼굴은 절대로 볼 수 없는 걸까? 그리고 그리스인들이 이 신화를 통해 전하고자 했던 바를 깨닫습니다. 사랑이란 타인에 대한 믿음이며 그 얼굴은 항상 신비롭게 감춰져 있어야 한다는 것을요. 우리는 매 순간 감정과 느낌으로 살아야 합니다. 우리가 그 암호를 풀려 하거나 알아내려고 하는 순간, 마법은 사라지기 때문입니다. 우리는 사랑이 이끄는 대로 굴곡지기도 하고 밝게 빛나기도 하는 길을 따라가고, 지구상에서 가장 높은 곳이나 바닷속 가장 깊은 곳으로 이끌려 갈 때에도 우리를 끌어주는 그 손을 신뢰합니다. 우리가 겁에 질리지 않는다면 우리는 언제나 궁전에서 깨어날 것입니다. 그러나 사랑이 이끄는 발걸음을 두려워하거나 우리에게 모든 것이 밝혀지기를 원한다면, 결국 우리는 아무것도 얻지 못할 것입니다.

그리고 사랑하는 나의 마타 하리, 나는 그것이 당신의 실수였다고 생각합니다. 얼어붙은 산에서 몇 해를 보낸 후에, 당신은 사랑을 철저히 불신하고 굴복시키기로 마음먹었습니다. 하지만 사랑은 아무에게도 복종하지 않고 그 신비를 해독하려는 사람을 배신할 뿐입니다.

지금 당신은 프랑스의 수인이지만 곧 해가 뜨면 자유로워질 것입니다. 당신을 고발한 자들은 당신의 죽음을 정당화하기 위해 당신의 발에 채웠던 쇠사슬을 이제 그들 스스로 날마다 힘겹게 끌고 가야 할 것입니다. 그리스인들에게는 '메타노이아'라는 모순되는 의미로 가득찬 단어가 있습니다. 간혹 그 말은 후회, 회한, 죄의 고백, 우리가 저지른 실수를 반복하지 않는다는 약속 등을 뜻합니다.

또다른 의미로 그 말은 우리가 알고 있는 것 너머로 가는 일, 회상이나 기억 없이, 다음 발걸음을 어떻게 옮기게 될지 모르는 채, 미지의 대상과 정면으로 마주하는 일을 뜻합니다. 우리는 우리의 삶, 우리의 과거, 무엇이 옳고 그른지를 결정하는 법칙들에 얽매여 있는데, 어느 날 갑자기 모든 것이 변합니다. 두려움 없이 거리를 거닐고 이웃들에게 인사를 하지만, 어느 순간 그들은 더이상 우리 이웃이 아니고, 우리가 더는 예전 모습 그대로 사물을 볼 수 없도록 울타리와 철조망을 둘러칩니다. 나에게 그러할 것이고, 독일인들에게 그러할 것이며, 무엇보다도 자신들의 실수를 인정하기보다 무고한 여인이 죽도록 내버려두는 편이 훨씬 수월하다고 판단한 사람들에게 그러할 것입니다.

불행히도 오늘 일어난 일은 어제도 일어났고 내일 또 일어날 것입니다. 세상이 끝날 때까지 계속되거나, 아니면 인간을 이루는 것은 인간이 생각하는 것만이 아니라 느끼는 것이라는 사실을 스스로 깨달을 때까지 계속될 것입니다. 육체는 쉽게 지친다 해도 영혼은 언제나 자유로우니, 언젠가는 우리가 세대를 거듭하며 똑같은 실수를 반복하는 이 지옥의 수레바퀴에서 헤어나도록 도와줄 것입니다. 비록 생각이 늘 제자리에 머문다 해도 그보다 더욱 강한 힘이 있으니, 우리는 그것을 사랑이라 부릅니다.

우리가 진심으로 사랑할 때에 상대방과 우리 자신을 더욱 잘 알게 되기 때문입니다. 우리에겐 이제 말도 서류도 회의록도 진술도 고발도 변호도 필요 없습니다. 오직 전도서의 한 구절이 우리에게 필요할 뿐입니다.

> 재판하는 곳에도 악이 있고 정의를 행하는 곳에도 악이 있도다. 그러나 의인과 악인을 하느님이 심판하시리니 이는 모든 소망하는 일과 모든 일상의 일에 때가 있음이라.*

그렇게 이루어지이다. 사랑하는 여인이여, 부디 신이 당신과 함께하기를.

---

* 전도서 3장 16~17절.

A ESPIÃ

에필로그

ÉDITION DE PARIS

Le Petit Parisien

10 Cent. LE PLUS FORT TIRAGE DES JOURNAUX DU MONDE ENTIER 10 Cent.

MARDI 16 OCTOBRE 1917

La garantie d'une paix durable est de faire payer l'Allemagne

M. MALVY MIS HORS DE CAUSE

UN COMMUNIQUÉ DU GOUVERNEMENT

L'espionne Mata-Hari a été fusillée hier matin à Vincennes

Mata-Hari

A LA CHAMBRE

Après le récent débat sur la politique extérieure

LE GÉNÉRAL ALBY nommé major général de l'armée

LA FUTURE OFFENSIVE DIPLOMATIQUE...

SOFIA

마타 하리가 처형되고 나흘 후인 10월 19일, 주요 고발자인 라두 대위는 독일 간첩 혐의로 기소되어 수감되었다. 그는 자신의 무죄를 주장했지만 프랑스 첩보부로부터 지속적으로 심문을 받았다. 그러나 전쟁 기간 동안 합법적이었던 정부의 언론통제로 인해 이 사실은 신문에 실리지 않았다. 그는 적들이 심어놓은 정보였다고 주장하며 자신을 변호했다.

"독일인들이 군사 침략에 필요한 자료를 모으는 동안, 내 업무의 성격으로 인해 내가 온갖 모략에 노출된 것은 내 잘못이 아닙니다."

전쟁이 끝나고 일 년 후인 1919년에 라두는 결국 석방되었지만,

그가 이중간첩이었다는 소문은 죽을 때까지 그를 따라다녔다.

마타 하리의 시신은 어딘가의 얕은 무덤에 묻혔는데 그 장소는 끝내 밝혀지지 않았다. 당시의 관습에 따라 그녀의 머리는 잘려 정부 대표들에게 전달되었다. 그리고 파리의 생페르 거리에 있는 해부학 박물관에 한동안 보관되었다가 분명치 않은 시기에 사라졌다. 마타 하리의 머리가 없어진 건 훨씬 전이라고 생각되지만 박물관 책임자들은 그 사실을 2000년도에야 보고했다.

1940년에 유대인들을 상대로 '성급한 귀화' 폐지 소송을 진행한 법률가 중 한 사람으로서 공식 기소당했고, 그가 "독일인들에게 우리 군인들의 머리를 갖다 바치는 것이 유일한 목표였던 이 시대의 살로메"라고 지목한 여인의 사형의 주요 책임자였던 앙드레 모르네 검사는 1947년에 기자이자 작가인 폴 기마르에게, 모든 재판은 추론과 일반화와 억측에 기반했을 뿐이라고 고백하면서 다음과 같이 결론지었다.

"우리끼리 하는 얘기지만, 우리가 확보한 증거는 고양이 한 마리 벌줄 만큼도 되지 못한다."

작가 노트

143727

Reply should be addressed to H.M. Inspector under the Aliens Act, Home Office, London, S.W., and the following reference quoted:—

HOME OFFICE.

W.O. 1,101

SECRET
140,193/M.I.5.E.

15th December 1916.

To the Aliens Officer.

Z E L L E, Margaretha Geertruida

Dutch actress, professionally known as MATA HARI.

The mistress of Baron E. VAN DER CAPELLAN, a Colonel in a Dutch Hussar Regiment. At the outbreak of war left Milan, where she was engaged at the Scala Theatre, and travelled through Switzerland and Germany to Holland. She has since that time lived at Amsterdam and the Hague. She was taken off at Falmouth from a ship that put in there recently and has now been sent on from Liverpool to Spain by s.s. "Araguaga", sailing December 1st,

Height 5'5", build medium, stout, hair black, face oval, complexion olive, forehead low, eyes grey-brown, eyebrows dark, nose straight, mouth small, teeth good, chin pointed, hands well kept, feet small, age 39.

Speaks French, English, Italian, Dutch, and probably German. Handsome bold type of woman. Well dressed.

If she arrives in the United Kingdom she should be detained and a report sent to this office.

Former circulars 61207/M.O.5.E. of 9th December, 1915 and 74194/M.I.5.E. of 22nd. February, 1916 to be cancelled.

W. HALDANE PORTER.

H.M. Inspector under the Aliens Act.

Copies sent to Aliens Officers at "Approved Ports" four Permit Offices, Bureau de Controle, New Scotland Yard and War Office (M.I. 5(e)).

이 책에 쓴 내용들은 모두 실제로 일어난 사실이기는 하지만 나는 대화를 일부 만들어냈고 일부 장면들을 삽입했으며 사건의 순서를 약간 바꾸었고 서사와 관련 없다고 판단한 것들은 생략하였다.

마타 하리의 일대기를 더 잘 알고 싶은 독자에게는 팻 시프먼의 훌륭한 저서 『팜므파탈: 마타 하리의 사랑과 거짓말, 그리고 알려지지 않은 삶 *Femme fatale: love, lies and the unknown life of Mata Hari*』(하퍼콜린스, 2007)과 필리프 콜라스의 『마타 하리, 그녀의 진짜 이야기 *Mata Hari, sa véritable histoire*』(플롱, 2003)—콜라스는 이 책에 등장하는 인물인 피에르 부샤르동 검사의 증손자로 미

발표 자료들을 처음 수록했다—, 『군 역사 잡지』(N°247, 2007)에 실린 프레데리크 겔통의 「마타 하리 보고서Le dossier Mata Hari」와 러셀 워런 하우의 「무고한 스파이, 마타 하리의 슬픈 운명Mournful fate of Mata Hari, the spy who wasn't guilty」(스미스소니언협회, 문서 번호 4224553)—수많은 문서 가운데 나는 이 기록을 참조하였다—등을 추천한다.

영국 정보부가 작성한 '마타 하리 보고서'는 1999년에 공개되었고 내 블로그를 통해 전문을 볼 수 있으며 영국 국립기록보존소National Archives에서 직접 구매할 수도 있다(문서 번호 KV 2/1).

판결과 관련된 여러 중요한 사실들을 설명해준 나의 변호사 셸비 뒤 파스키에와 그의 동료들, 역사적 사실 관계를 엄격하게 교정해준 독일과 스위스의 담당 편집자 아나 폰 플란타(우리는 주인공이 환상에 빠진 채 사실을 바라보는 경향을 지녔다는 점을 감안할 필요가 있었다), 대사를 만들고 이야기를 구성하는 데 도움을 준 나의 친구이자 그리스 작가 안니에 쿠기움에게 감사 인사를 전한다.

이 책을 J에게 바친다.

지은이 **파울로 코엘료**
전 세계 170개국 이상 81개 언어로 번역되어 2억 1천만 부가 넘는 판매를 기록한 우리 시대 가장 사랑받는 작가. 1986년, 산티아고 데 콤포스텔라 순례에 감화되어 첫 작품 『순례자』를 썼고, 이듬해 자아의 연금술을 신비롭게 그려낸 『연금술사』로 세계적 작가의 반열에 오른다. 이후 『브리다』 『베로니카, 죽기로 결심하다』 『피에트라 강가에서 나는 울었네』 『악마와 미스 프랭』 『11분』 『오 자히르』 『포르토벨로의 마녀』 『승자는 혼자다』 『알레프』 『아크라 문서』 『불륜』 등 발표하는 작품마다 전 세계적으로 큰 반향을 일으킨다. 2009년 『연금술사』로 '한 권의 책이 가장 많은 언어로 번역된 작가'로 기네스북에 올랐다.

옮긴이 **오진영**
서울대학교 인류학과를 졸업했고 브라질 상파울루 주립대학교(UNICAMP)에서 인류학 석사과정을 수료했다. 자유기고가이자 번역가로 활동하고 있으며, 파울로 코엘료의 『알레프』, 네우송 호드리게스의 『결혼식 전날 생긴 일』, 페르난두 페소아의 『불안의 책』 등을 우리말로 옮겼다.

문학동네 세계문학
스파이

초판 인쇄 2016년 9월 13일 | 초판 발행 2016년 9월 23일

지은이 파울로 코엘료 | 옮긴이 오진영 | 펴낸이 염현숙

책임편집 김두리 김미혜 | 편집 김영수 손예린 오동규
디자인 윤종윤 이원경 | 저작권 한문숙 박혜연 김지영
마케팅 정민호 이미진 정진아 김혜연 | 홍보 김희숙 김상만 이천희
제작 강신은 김동욱 임현식 | 제작처 한영문화사(인쇄) 경일제책사(제본)

펴낸곳 (주)문학동네
출판등록 1993년 10월 22일 제406-2003-000045호
주소 10881 경기도 파주시 회동길 210
전자우편 editor@munhak.com | 대표전화 031) 955-8888 | 팩스 031) 955-8855
문의전화 031) 955-1927(마케팅) 031) 955-2691(편집)
문학동네카페 http://cafe.naver.com/mhdn | 트위터 @munhakdongne

ISBN 978-89-546-4201-9 03870

www.munhak.com

자신의 생을 성취로 이끈 사람들,
치열한 열정으로 자신의 길을 개척한 이들이
소중한 이에게 추천하는 책!

연금술사

작가로서의 재능과 경계와 문화를 넘어 다양한 삶을 살아가는 남녀노소의 마음을 어루만지는 비범한 능력으로 파울로 코엘료는 파워풀한 메신저가 되었다. **반기문** (유엔사무총장)

연주여행을 가기 위해 비행기에서 긴 시간을 보낼 때면 이 책을 거듭 손에 잡게 된다. 성악가로서 세계를 떠돌다보니 왜 난 이렇게 집시처럼 떠돌아다녀야 하는지 생각을 많이 했다. 그런데 『연금술사』를 읽고 나서 인생은 자아를 발견하기 위한 영원한 여행이라는 생각에 위안을 얻게 됐다. 내가 찾아 헤매던 답을 찾아준 책이라고나 할까. **조수미** (성악가)

인생에서 진정 찾고자 하는 것은 무엇인지 차분히 생각해볼 기회를 주는 책. 주인공 산티아고의 여정을 통해 그동안 잊고 지내던 인생을 살아가는 진리를 다시 한번 되새기게 된다. **한완상** (전 대한적십자사 총재)

코엘료의 책을 잔뜩 쌓아두고 읽고 싶다. **빌 클린턴** (전 미국 대통령)

학창시절, 비겁했던 나의 여고시절에 이 책을 접했더라면 얼마나 좋았을까. **추상미** (영화배우)

『연금술사』를 읽으면 자기 앞에 놓인 빈 공간을 새로운 색깔들로 채워나가고 싶은 마음이 든다. **최윤영** (아나운서)

기막히게 멋진 영혼의 모험이다. **폴 진델** (퓰리처상 수상 작가)

아름다운 문체, 결 고운 이야기, 마음을 움직이는 감동… 코엘료는 혼탁한 생의 현실 속에서도 참 자아를 지켜갈 수 있는 힘을 보여준다. **정진홍** (서울대 종교학과 명예교수)